13 КОРОТКИХ РАССКАЗОВ

Cathy McGough

Stratford Living Publishing

ЧТО ГОВОРЯТ ЧИТАТЕЛИ...

ДАНДЕЛИОН ВИН

США.

«Вино из одуванчиков» - хороший рассказ, хотя эпилог заставил меня немного взгрустнуть о том, как все меняется. Но было приятно ненадолго перенестись в то время, когда все было по-другому».

«Короткая, милая история о простой жизни в адиллический летний день».

САМАЯ ЯРКАЯ ЗВЕЗДА

«Любовь никогда не перестает. Жизнь Линды и Уильяма в любви подытожена в этой короткой истории. История о разочаровании и борьбе, но при этом о любви».

ОТКРОВЕНИЕ МАРГАРЕТ

Канада

«Я начала читать эту новеллу через несколько минут после покупки, и как только я начала, я должна была закончить. Мне очень понравилась эта история. Она хорошо написана, и вы не могли не сопереживать главной героине. А сюрприз в конце заставил меня откинуть челюсть».

ДАРРИЛ И Я

США.

«Жутковато. Короткая горько-сладкая история о трагедии женщины и ее попытках справиться с ней во время беременности».

ВЕЛИКОБРИТАНИЯ.

«Отличная история. Отличные эмоции. Я действительно сочувствовала Кэт и Дэррилу».

ЗОНТИК И ВЕТЕР

США.

«Научная фантастика в ее самом современном и своевременном виде. Короткое хорошее чтение».

«Автор закручивает фантастическую научно-фантастическую историю с опасным ветром, летающим зонтом, крутящейся зеленой бутылкой и многим другим. Короткая история с быстрым действием».

Индия

«Какая захватывающая поездка! Поток очень быстрый, а письмо последовательное и гладкое. Чем-то мне это напомнило Джерома К. Джерома и «Три человека в лодке»».

ВЕЛИКОБРИТАНИЯ.

«Мать плохих выходных встречает инопланетянина. Написанная с сухим остроумием, эта странная история с участием массивного зеленого объекта, похожего на инопланетянина, зонтиков и оружия. Очень изобретательная, если не сказать безумная история, которая захватит вас до последней страницы. Полный балл за творческое воображение, Кэти Макгоф. Вы можете смеяться вслух и проливать кофе».

СМЕРТЕЛЬНОЕ ЖЕЛАНИЕ

США.

«Я прочитала эту книгу за полчаса вчера вечером, после того как легла спать. Мне было грустно за этого человека, который чувствовал, что его жизнь бессмысленна. Макгоф подводит читателя к самому краю, и даже когда он зашел за точку невозврата, вы не представляете, чем все закончится. Отличная история для чтения во время обеда или кофе-брейка».

«Мне понравилась креативность Кэти Макгоф в создании короткой новеллы в 20 страниц с большим жизненным опытом одного человека, который не мог найти свою жизненную цель».

«Эта книга давно была у меня в KIndle, но когда я наконец решила прочитать ее, то не отложила, пока не дочитала до конца. Несмотря на то, что книга очень короткая, сюжет и персонажи проработаны до мелочей. Очень понравилось».

«Читается как эпизод из «Сказок из склепа» или «Сумеречной зоны»».

«Мне понравилось, и по мере чтения я спрашивал, ПОЧЕМУ? Когда я узнала, я была в ужасе, такие вещи - мой худший кошмар».

США И ВЕЛИКОБРИТАНИЯ.

«Автор умело использует внутренний монолог героя, чтобы раскрыть его жизнь и решение, над которым он бьется. Захватила меня до самого конца. Эта искусно рассказанная история - очень увлекательное чтение, и я настоятельно рекомендую ее».

ОГЛАВЛЕНИЕ

Посвящение

ДЛЯ ДИАННЫ

Предисловие

Дорогие читатели,

В этот сборник вошли шесть любимых читателями рассказов и семь новых, написанных мною во время пандемии.

Говорят, что «нет старого, есть новое», но я считаю, что нужно смотреть на все со стороны.

Счастливого чтения!

Cathy

ДАНДЕЛИОН ВИН

Ш ел 1967 год, и лето уже почти закончилось, когда я тянул свою шаткую красную повозку по галечной тупиковой дороге. Стук колес моей повозки был привычным звуком для людей на нашем маршруте.

«Хороший день для прогулки», - говорил я.

«Конечно, хороший. И вам хорошего дня», - отвечали они.

Если нам с подругой Сандрой везло, они приносили нам воду со льдом, колу или лимонад. Хотя мы не жили поблизости, большинство относилось к нам доброжелательно. Большинство, но не все домовладельцы.

«Не будь вредителем», - всегда говорил мне папа, и я им не был. Я всегда занимался своими делами. Я не болтала без дела и не пыталась привлечь к себе внимание. Разве я могла помочь, если скрипели колеса?

Я была девочкой с целью, поэтому не имело значения, что у меня болят руки, хотя мне хотелось, чтобы они росли быстрее. Неважно, что тележка перевернулась на выбоине или скатилась в канаву.

И все же я не переставал думать о сумасшедшей женщине в одном из домов. Я боялся проходить мимо ее дома в одиночестве.

Во время других визитов она кричала на нас за то, что мы ничего не делали. Или ругалась на нас. Однажды она даже выгнала свою собаку, которая пускала слюни и лаяла. Эта шавка охраняла дорогу так, словно та была частью ее собственности. Я взглянул на крышу, где развевался на ветру старый канадский флаг. Некоторые говорили, что она отказывается поднимать новый флаг с большим кленовым листом. У меня от нее и ее собаки мурашки по коже.

Мое дыхание участилось, когда я приблизился к страшному дому. Поскольку это была тупиковая улица, мне ничего не оставалось, как проехать мимо. Я остановился и оглянулся, чтобы посмотреть, не идет ли Сандра. Ее пока не было видно.

Тогда я вспомнил, что в моем кармане лежит бабушкина счастливая кроличья лапка. Это придало мне смелости. Я потянул повозку за обе руки и поспешил дальше.

Я знал, что старушка Макгуайр там. Мне не нужно было ее видеть. Я мог почувствовать ее. В доме слева, за занавесками. Она смотрела на меня недобрым взглядом. Она ненавидела детей, всех детей.

Через несколько домов я чуть не споткнулся о шнурок. Я присел на корточки, чтобы завязать его. Оглянувшись через плечо, я увидел, как дернулись занавески. Теперь это не имело значения. Я был вне досягаемости ее злых глаз.

«Эй, подожди! Подожди!» - раздался голос моей подруги, когда ее сандалии застучали по каменистой дороге. Наконец-то моя лучшая подруга добралась до места. Сандра вечно куда-то опаздывала.

Я повернулась в ее сторону и увидела, как она пробегает мимо дома старушки Макгуайр. Она запыхалась, когда добежала до меня. Мы упали друг другу в объятия. Мы оба благополучно миновали жилище старой ведьмы.

«Давно пора!» нетерпеливо сказал я, когда мы расстались.

«Прости, нужно было сделать дела по дому, а мама решила вычесать мои волосы. Она сказала, что я позор для общества!»

«У тебя красивое платье», - сказала я, обратив внимание на складки и банты, украшающие два передних кармана. Оно было красивым и совершенно неподходящим для сбора фруктов.

Сандра схватилась одной рукой за свою половину ручки повозки, а другой сжала переднюю часть платья. «Ненавижу розовый», - сказала она.

Ее рука оказалась рядом с моей, и мы с легкостью потянули тележку бок о бок.

«Мама взяла с меня обещание зайти в магазин на углу по дороге домой и купить буханку хлеба». Она полезла в карман:

«Видишь, она дала мне двадцать четыре цента плюс пять центов, чтобы мы могли разделить банановое мороженое».

«О, это то, чего стоит ждать с нетерпением». Банан был нашим любимым вкусом.

Мы продолжали идти. Где-то позади нас залаяла собака.

«Чтобы получить деньги на мороженое, мне пришлось надеть это дурацкое платье».

«Оно не дурацкое», - соврала я и пожалела, что у меня нет собственного красивого платья, которое я могла бы надеть в не церковный день. С двумя братьями, одной сестрой и еще одним ребенком на подходе я вряд ли смогу купить новое платье в ближайшее время.

Сандра прошептала: «Ты ее видела?» Я знала, что она имеет в виду старуху Макгуайр. «Ты чувствовала на себе ее дурной глаз сегодня?»

«Нет, потому что я скрестила пальцы и глаза». Я солгал.

«Хорошая мысль», - сказала она, перекладывая большую часть веса на бок и спрашивая: »Хочешь, я немного потяну?»

«Нет, ты можешь испачкать свое платье». Сандра захихикала. «Вместе веселее», - сказал я, пока мы прогуливались мимо дома мистера Холидея, а затем мимо дома мистера и миссис Оттер.

Почти дойдя до места назначения, мы замолчали. Как лучшие друзья, мы не должны были все время разговаривать. Цель нашего путешествия была общей и зависела от кустов черной смородины мисс Вирджинии Мартин. Если смородины было много, она могла позволить нам взять часть урожая. Если же урожай будет скудным, наша поездка снова окажется напрасной.

«Не могу дождаться, когда увижу, сколько там фруктов», - сказал я.

«У меня такое чувство, что нам повезет», - сказала Сандра.

Мы остановились и посмотрели на дом мисс Вирджинии. Палисадник всегда был безупречно чист, словно ветер знал, что мусор и листья нужно постоянно сдувать, чтобы они не испортили ее красивую лужайку.

С самого детства я всегда искала в домах приветливые лица. Мама сказала, что это привычка, от которой я со временем избавлюсь.

У дома мисс Вирджинии было необычное, но доброе лицо с двумя круглыми окнами в верхней части. Когда жалюзи были опущены наполовину или полностью, они напоминали веки. Эта особенность отличалась от всех других домов, которые я видел.

Между глазами рос нос. Нос, сделанный из кирпичей. Разница была в том, что эти кирпичи стояли, а остальные - боком. У меня по коже побежали мурашки, как будто строитель знал, что делает нос специально для меня. Я знаю, что это, наверное, звучит глупо.

Затем я перешел к устью, которое было создано двойными дверями. Витраж, расположенный в верхней части, делал его похожим на ряд зубов с брекетами.

Мне нравилось стоять и смотреть на дом, потому что в нем процветала природа. Я смеялся, вспоминая, как буйно разросшийся плющ иногда создавал впечатление, что у дома есть усы или борода.

Я заметил, что Сандра напевает «Пенни Лейн». Она всегда напевала, когда ей было скучно. Битлз были неплохими, но мне больше нравились Стоунз.

Сандра убирала с лица светлые волосы, а мухи жужжали вокруг нее, словно ее пот был приглашением к роению.

Я отпустил свою хватку и встал на цыпочки, чтобы заглянуть за забор. Я надеялся, что на этот раз я достаточно высок, но не повезло. Сандра попробовала, так как была немного выше, но и она не смогла заглянуть за ограду. Я придержал повозку, пока Сандра садилась в нее и пыталась разглядеть, но и это не помогло.

«Думаю, нам лучше просто подойти и спросить», - сказала Сандра.

«Вполне справедливо».

Мы затащили повозку на лужайку перед домом мисс Вирджинии и припарковались, а затем пошли по длинной подъездной дорожке, усаженной цветами. Подсолнухи кивали головами, кланяясь нам, словно мы были королевскими особами, проходящими среди них. Несколько одуванчиков боролись в тени своего кузена.

«Помнишь, как мой папа дал нам попробовать вино из одуванчиков, которое он сделал?»

«Это была самая ужасная вещь, которую я когда-либо пробовала», - сказала Сандра.

«Я знаю, но ты все равно не должна была его выплевывать». Мы рассмеялись, вспомнив, как вино забрызгало папину рубашку. «Папа подумал, что ты была очень грубой.

«Я не хотела». Она посмотрела на свои ноги. «Знаешь что? Мы могли бы попросить подсолнухи и продать их».

«Они красивые, но давайте придерживаться плана. Миссис Смит сказала, что заплатит нам два четвертака (пятьдесят центов) за столько черной смородины, сколько мы сможем унести, так что у нас уже есть покупатель. Мы не знаем никого, кому нужны подсолнухи».

«Я просто подумала, что кому-то могут понадобиться семена. Но ладно.»

Я взглянула на подругу и решила больше ничего не говорить по этому поводу.

У подножия лестницы мы собрались с мыслями. По опыту мы знали, что важно не то, что мы говорим, а то, как мы это говорим.

В прошлый раз мы потерпели неудачу. Мисс Вирджиния сказала, что черная смородина еще не готова. Она сказала, что ей не терпится создать несколько новых рецептов для ежегодной осенней ярмарки.

Мисс Вирджиния была известна в нашем округе, она неоднократно получала золотые медали за рецепты, связанные с черной смородиной. Ее фотография часто появлялась в местной газете, иногда даже на обложке.

Так что хранить плоды у себя - ее право, но делиться - это то, чем живет мир. Мы надеялись убедить ее выделить нам порцию черной смородины.

Должно быть, в тот визит на наших лицах отразилось разочарование, потому что вместо этого мисс Вирджиния пригласила нас помочь ей собрать яблоки и груши. Она предложила заплатить нам по десять центов, но этого было недостаточно, чтобы получить то, что мы хотели. Мы поблагодарили ее за доброе и щедрое предложение, но отказались.

«А что, если она откажется?» спросила Сандра, глядя мне в глаза.

Я протянула руку и коснулась длинных светлых локонов подруги, а затем слегка потянула за прядь. «Пойдем, узнаем».

Сандра бросилась бежать, но я вовремя поймала ее и произнесла слова «ДЕКОРУМ», на что Сандра ответила: «А?». «Помедленнее», - прошептала я. «Не забывай, что мы юные леди».

Мы захихикали. Сандра снова разгладила переднюю часть платья.

Я вынул руки из карманов и потянулся к стуку. Не успел я до него дотронуться, как мисс Вирджиния распахнула дверь. Она улыбалась, причем не только ртом, но и глазами. Она была рада нас видеть, и это был хороший знак.

«Кто у нас здесь в это прекрасное утро?» - спросила она, прекрасно зная, кто у нее в гостях, потому что мы с Сандрой приходили сюда все лето. Мы не один десяток раз поднимались к ней на крыльцо, чтобы спросить о черной смородине.

«Это мы, я и Сандра», - сказал я, и мы оба сделали реверанс. Это была наша лучшая попытка сделать реверанс, хотя настоящая королева Англии, возможно, так не считала. Мисс Вирджиния зааплодировала.

«Так, так», - сказала мисс Вирджиния, оглядывая нас с ног до головы. Сандра в своем красивом розовом платье и я в своем комбинезоне. «Разве вы обе не выглядите...» Она заколебалась. «Вы, девочки, напоминаете мне...» Она сделала паузу, ее слова и выражение лица застыли. Ее глаза стали грустными, но лишь на секунду. Она улыбнулась. «Вы двое похожи на фотографию, я бы хотела вас сфотографировать, если вы не возражаете?»

От ее перемены от счастливой к грустной и снова к счастливой у меня заболел живот. Я посмотрел на Сандру, и мы согласились. Мисс Вирджиния пригласила нас внутрь, чтобы мы подождали, пока она подготовит камеру. В другой комнате было слышно, как она открывает и закрывает ящики.

«Я беспокоюсь о вагоне», - прошептала Сандра.

Я поддержал себя и выглянул в окно. «Все в порядке». После этого я не спускал глаз с повозки, так как не хотел, чтобы она снова пропала.

Как в тот раз, когда мы зашли в дом выпить стакан лимонада. Когда мы вышли, ее уже не было. Мы ходили и ходили, пытаясь найти ее, но повозки не было и следа.

Мы с Сандрой пошли домой. Я была ужасно расстроена, плакала как ребенок. Повозка много значила для меня, скрипучие колеса и все такое. Это был рождественский подарок от моих бабушки и дедушки.

Наши родители и друзья искали, пока не зажглись уличные фонари. На следующий день мы дали объявление в «Бюро находок». Машину нашли за лесом, перевернутой на фермерском поле.

Мы, Сандра и я, знали, кто его туда положил. Конечно, это была старуха Макгуайр, но у нас не было доказательств. Папа говорил, что никогда нельзя обвинять кого-либо в чем-либо без доказательств, но мы видели, что она смотрит на нас недобрым взглядом.

Как раз в это время вернулась мисс Вирджиния с фотоаппаратом Kodak Instamatic. Я видел рекламу этого фотоаппарата в папином журнале Life. На 104-й странице была настоящая пробка.

«Собирайтесь, девочки».

«Может быть, на улице свет будет лучше?» спросила я.

Она улыбнулась и открыла входную дверь.

Мы ждали на крыльце, стараясь не слишком ерзать, пока мисс Вирджиния решала, где нам встать, чтобы получить лучший свет.

Я прислонился к стене крыльца, пытаясь разглядеть кусты черной смородины, но ничего не получалось.

«Хммм, - сказала мисс Вирджиния, - почему бы нам не пойти в сад? Когда все цветет, мы могли бы сделать несколько замечательных фотографий».

Мы с Сандрой усмехнулись.

Мы спустились по лестнице. К моему неудовольствию, Сандра спустилась вниз одним быстрым прыжком. Мисс Вирджиния, похоже, не возражала. Мы шли за ней, впитывая каждое слово. «Вот здесь растет петрушка, а вот мои помидоры. Какие высокие они выросли в этом году. Ничто не сравнится со свежим томатным соусом. А вон там моя грядка с одуванчиками. Из них я делаю вино из одуванчиков».

Сандра задохнулась и скорчила гримасу.

Мисс Вирджиния, казалось, ничего не заметила. «А вот моя грядка с черной смородиной, но вы, конечно, ее уже знаете».

Я постаралась не выглядеть слишком взволнованной и бросила взгляд через плечо на повозку, оценивая, сколько мы сможем перевезти за одну поездку. Я пожалела, что не взяла его с собой в сад.

Я почувствовал, как рука Сандры коснулась моей. Я заметил, что ее рот широко раскрыт, когда она смотрела на смородину. Она была похожа на собаку, ожидающую свой обед.

«Я бы закрыла его, юная леди, - воскликнула мисс Вирджиния, - если только вы не хотите поймать мух».

Сандра спрятала рот за рукой.

Мисс Вирджиния почти смеялась, глядя на кусты черной смородины в полном цвету. Плоды висели там, готовые к сбору. Много-много смородины. Мы были так взволнованы, что разразились визгом.

«Сначала фотографии», - напомнила нам мисс Вирджиния. Мисс Вирджиния пыталась найти наилучший ракурс, учитывая, что деревья вытягивались под солнечными лучами, создавая тени.

Я понял, что с таким количеством смородины, которую нужно собрать, мисс Вирджинии понадобится наша помощь, и ей придется предложить нам больше денег, чем когда она просила нас собрать яблоки и груши. С яблоками и грушами мы были ограничены тем, до чего могли дотянуться. С кустами черной смородины мы могли ходить вокруг и собирать каждую смородину.

«Можно мы соберем немного сейчас?» спросила Сандра.

Я покачал головой, надеясь, что она не упустила наши шансы.

«Я бы хотела сфотографироваться с кустами черной смородины позади вас. Осторожно, не раздавите их, не сбейте плоды и, ради всего святого, не съешьте ни одного до фотографии, иначе ваши руки и рты будут испачканы». О, я только что вспомнила. А теперь, девочки, подождите здесь, пока я на минутку загляну внутрь».

Одинокие, расположившиеся прямо перед смородиной, они словно звали нас по имени. Мы засуетились. Ждали. Старались не слушать шепот кустов черной смородины. Они пригласили нас выбрать один. Попробовать на вкус.

«Это безумие», - сказала Сандра. Она разжала и сжала кулаки. Повернулась лицом к кустам черной смородины.

Я тоже повернулся. «Я согласна. Но если мы дождемся черной смородины, то заработаем достаточно денег, продав ее за один день».

«Верно», - сказала Сандра, разглядывая гроздья фруктов. «Но мне нужно взять один».

«Не надо», - сказал я.

«Но она никогда не узнает!»

«Ладно, давай выберем одну ягоду».

«Но они такие маленькие».

Сандра выбрала одну, и я тоже. Я положила ее в рот, и от сладости и кислинки мне захотелось еще. И еще. Мы схватили по горсти и бросили их в рот. Сок смородины обволакивал мой язык.

Мисс Вирджиния вернулась в сад.

Должно быть, мы выглядели очень эффектно. Сандра с соком, размазанным по лицу и платью. Я прятал руки в карманы.

Мисс Вирджиния не стала на нас сердиться. Вместо этого она сказала: «О боже, посмотрите на свое красивое платье». Она покачала головой. Она отошла в сторону. «На сегодня все, девочки. Теперь вы двое идите домой».

«Но мисс Вирджиния. А как же черная смородина?»

«Да, - сказала Сандра, - нам жаль, что мы не подождали, но они звали нас».

Мисс Вирджиния рассмеялась. «Я помню, как они звали нас с сестрами».

Она снова погрустнела, и мой желудок сделал забавную вещь. «А как же фотографии?»

Мисс Вирджиния попросила нас занять свои места, а затем сказала: «Скажите „сыр“». После нескольких фотографий она спросила: «Почему вас так интересует моя черная смородина?»

Сандра прошептала мне на ухо, и мы согласились рассказать ей все.

«Мисс Вирджиния, мы хотим заработать достаточно денег, чтобы обменять браслеты дружбы. Мы видели их на рынке, и они стоят четверть за штуку», - сказала Сандра.

«Женщина на рынке сама их делает. Она сказала, что мы можем провести церемонию дружбы, и тогда мы станем лучшими друзьями на всю жизнь».

Мисс Вирджиния сначала промолчала. Вместо этого она вышла через ворота, и мы последовали за ней. Она остановилась и коснулась лица подсолнухов, как будто цветы были ее старыми друзьями. Казалось, она погрузилась в раздумья.

Я подумал, не слишком ли много мы просим и слишком мало предлагаем взамен.

«Пойдемте со мной, - сказала мисс Вирджиния, начав собирать одуванчики. Когда руки ее были полны, она передала несколько штук Сандре, та собрала еще и передала их мне. Не закончив, она собрала еще несколько и засунула их в переднюю часть своего платья. Она села и сделала стопку из собранных ею цветов. Она попросила нас соединить наши цветы с ее. Мы тоже сели: Сандра - с одной стороны, я - с другой.

Мисс Вирджиния взяла в руки один цветок, потом другой. Мы смотрели, как она вставляет ноготь в стебель и выпускает молочко одуванчика. Хотя ее пальцы стали липкими, она продолжала нанизывать их друг на друга, создавая цепочку одуванчиков. Она закончила одну нитку и начала другую.

«Видите эту молочную субстанцию?» спросила мисс Вирджиния. Мы кивнули. «Как вы думаете, что это?»

«Это кровь?» спросила Сандра.

Я тоже задалась этим вопросом, но не хотела говорить, потому что никогда раньше не слышала о белой крови. Я не рискнула гадать и вместо этого пожала плечами.

«Девочки, вы слышали о латексе?»

Мы покачали головами.

«Из него делают резину».

«То есть как мой индийский резиновый мяч?»

«Он очень высоко подпрыгивает!» сказала Сандра.

«Да, девочки, вы угадали. Вот почему он такой липкий». Она продолжала нанизывать цветы на нитку. «Мы с сестрами делали такие, когда были в вашем возрасте».

«А что случилось с ними, то есть с вашими сестрами?» спросила Сандра.

«Они на небесах», - сказала она, приступая к третьей цветочной нитке.

«По крайней мере, они вместе».

Мисс Вирджиния похлопала меня по руке. «Ты очень взрослая для своего возраста, не так ли? Ты говорила, что тебе только что исполнилось семь?»

«Да».

«А ты Сандра?»

«Мне тоже семь».

Мисс Вирджиния посмотрела на небо, и несколько мгновений мы наблюдали за проплывающими над нами облаками.

«Вот это похоже на медведя», - сказала я, указывая вверх.

«А это похоже на большой сгусток ничего», - сказала Сандра.

Мы рассмеялись. У мисс Вирджинии был прекрасный смех. «Итак, кто первый?» - спросила она и взяла меня за руку, так как я была ближе всех к ней. Она надела нитку цветов на мое запястье и замкнула круг: получился браслет. То же самое она проделала с запястьем Сандры, а затем замкнула третий круг вокруг своего.

«Ах, - сказала мисс Вирджиния, заметив, что у нее осталось довольно много одуванчиков. Она начала нанизывать их друг на друга, пока не осталось ни одного. Она встала. Мы тоже встали.

Мисс Вирджиния возложила нитку цветов на голову Сандры. «Это называется гирлянда», - сказала она. «Хочешь такую же?»

«Нет, спасибо», - сказала я.

«Я могу сделать для тебя красивое ожерелье?»

Я посмотрела на свои ноги. «Я бы не хотела использовать все одуванчики. Они нужны для вина».

Сандра скрестила глаза и высунула язык.

Мисс Вирджиния не обращала внимания на то, как Сандра вытягивает лицо.

«О, это не проблема, - сказала мисс Вирджиния, - у меня еще осталось немного с прошлого года», - и она начала собирать. Мы присоединились к ней, и, работая втроем, уже через некоторое время я носила красивое солнечное декольте. Когда я кружилась, оно тоже кружилось.

Довольные своими украшениями, мы с Сандрой не спешили уезжать и провели вторую половину дня, выдергивая сорняки и приводя в порядок сад.

Когда уже почти наступило время ужина, мы сказали, что нам пора идти.

«Подождите здесь минутку, - сказала мисс Вирджиния. Она вернулась с мочалкой, миской, наполненной водой, и карманной книжкой. «Можно мне?

Когда Сандра кивнула, мисс Вирджиния опустила тряпку в воду и вытерла пятно с платья Сандры. «Оно высохнет, пока вы будете идти домой». Она вытерла мочалкой наши руки и лица.

«Спасибо», - сказали мы.

«И вот еще что, - она достала из кармана кошелек и протянула нам два четвертака.

В конце концов, мы могли бы купить браслеты дружбы!

Не раздумывая и не советуясь, мы с благодарностью отказались.

Мисс Вирджиния, похоже, не возражала. «Увидимся в следующем году», - сказала она, прежде чем закрыть входную дверь.

Мы потянули пустую повозку по ухабистой дороге, осторожно держась за ручку, чтобы не повредить браслеты.

«Может, в следующем году?» спросила Сандра.

«Да, может быть, в следующем году», - ответила я. «А сейчас давай сходим за буханкой хлеба».

Сандра полезла в карман. Зазвенела мелочь. «Не забудь про банановое мороженое».

Дойдя до магазина на углу, мы бросили ручку и поспешили внутрь, не вспомнив о старушке Макгуайр.

<h1 style="text-align:center">ЭПИЛОГ</h1>

Я вернулся на эту улицу со своим сыном-подростком сорок семь лет спустя, и, как вы можете себе представить, многое изменилось. Некоторые - к лучшему, а некоторые - нет.

Улица больше не была тупиковой. Ее полностью заасфальтировали и расширили, так что канав больше не было. Большинство домов были перестроены, обшиты деревом и алюминиевым сайдингом. На некоторых были установлены спутниковые антенны.

Теперь, когда улица была открыта, ее заполнили новая дорога, множество домов, вышка сотовой связи и гидросооружение.

Дом мисс Вирджинии был снесен и превращен в жилые помещения. Задний сад превратился в парковку.

Дом старушки Макгуайр выглядит почти так же, хотя шторы заменили на калифорнийские жалюзи.

Мы с Сандрой разошлись в разные стороны, когда ее семья переехала на Север. Она вернулась домой в 1975 году, и мы сходили на фильм «Челюсти». После этого мы потеряли связь.

Моя красная повозка перешла к моим братьям, сестрам, а затем к двоюродным братьям. Если бы она могла говорить, то могла бы рассказать много замечательных историй.

Одно лишь упоминание о черной смородине возвращает меня в лето 67-го года.

САМАЯ ЯРКАЯ ЗВЕЗДА

Был поздний вечер, и молодая пара стояла под покрывалом бескрайнего ночного неба. Позади них стена благоухающих вечнозеленых деревьев охраняла границы.

Под полной луной Уильям и Линда держались за руки, хотя их глаза и дух были поглощены звездами.

Полуночное небо широко раскинуло над ними свои объятия. В объятиях темной ночи они танцевали медленный танец под избранный репертуар «Северного пересмешника», а звезды и светлячки боролись за внимание.

Паре казалось, что они - единственные два живых существа, оставшиеся на земле. Вместе они находились на краю света, наблюдали, слушали, были женаты на небе, а после того, как пересмешник улетел, - на стимулирующих звуках тишины.

Пока одна одинокая звезда не вспыхнула прямо перед ними, привлекая к себе внимание. Падающая звезда. Падающая. Прожигая путь по небу. Шипит, внутри невидимый электрический ток, ускоряется, падает.

«Слушай, ты это слышал?» спросил Уильям.

«Да, это было похоже на ангелов, хлопающих крыльями», - ответила Линда.

Они наблюдали за тем, как он продвигается вперед, меняет курс и исчезает за облаком. Увидев это, разделив его, супруги почувствовали себя частью чего-то более великого, чем они сами, чего-то потустороннего.

Мы все родились из звездной пыли. Мы связаны навеки - и живые, и мертвые.

Когда звезда перестала быть видна, пара села вместе и стала ждать, что еще произойдет. Никто из них не говорил, потому что они хранили воспоминания, смешивая чувства и ощущения. Они навсегда запечатлели этот момент в своем сознании.

Линда и Уильям знали одно: природа - это ключ к разгадке. В дни, когда все казалось невозможным, когда жизнь была невыносима, духовная связь со стихиями исцеляла их. Давала им надежду и возвышала их сердца, умы и тела.

«Ты загадал желание?» спросила Линда, когда в небе пронеслась стая канадских чижей.

«Нет, ты у меня уже есть», - ответил Уильям, заключая Линду в свои объятия. Молодая пара продолжала смотреть в небо, пока гусей не стало не видно, ни слышно.

Линда и Уильям через многое прошли вместе, и все же для каждого из них было достаточно другого.

«Знаешь, я могла бы вечно сидеть здесь с тобой, Уильям, и смотреть на мир. Я не чувствую, что что-то упускаю, и мне нравится, когда мир затихает и мы с тобой словно оказываемся на острове».

Уильям обнял ее еще крепче, и теперь Линда удобно устроилась у него на коленях.

Когда они соединили руки, вдалеке завыла сирена. Она на мгновение ворвалась в их маленький мир, пока Уильям шепотом не начал читать свое любимое стихотворение Уолта Уитмена:

«Когда я услышал ученого астронома, Когда доказательства, цифры, в столбцах передо мной, Когда мне показали графики и диаграммы, Чтоб я их складывал, делил и измерял, Когда, помешивая, астроном читал лекции под аплодисменты в аудитории, Как скоро безотчетно я устал и заболел, Пока, поднявшись и выскочив, я бродил один В мистическом влажном ночном воздухе, И время от времени, в совершенной тишине, Смотрел на звезды.» *

Вдалеке закричала сирена, прервав мгновение. За ней последовала другая и третья. Эхо разорвало спокойствие, но лишь на миг, как и звезда. Один кричал, другой горел. Обоим нужно было куда-то бежать - и быстро. Первый - уродливый, резкий звук, означающий опасность и хаос. Человеку нужна была помощь, причем немедленно. Второй

- звезда, прекрасная, хлопающая ангельскими крыльями, умирающая. Конец.

Такова жизнь и такова смерть. Все мы кончаем одинаково, как бы ни кричали, как бы ни старались выделиться, быть полезными.

Пара осталась сидеть, полностью потерявшись в моменте. Они делились каждым вздохом, пока вокруг них разворачивалась ночь. Стрекотали сверчки и жужжали комары. Деревья стонали, выражая свое возмущение ветром за то, что он их преждевременно разбудил.

Линда вспомнила день, когда она впервые встретила Уильяма. Она училась в старшей школе, и им было по шестнадцать лет. Линда была новенькой, из семьи военных, которые постоянно переезжали. Тем не менее у нее никогда не было проблем с тем, чтобы вписаться в коллектив или завести друзей, потому что она была милой и симпатичной, и люди тянулись к ней. В первый же день, когда она увидела Уильяма на футбольном поле, она поняла, что он тот самый, кто ей нужен. Он посмотрел в ее сторону, улыбнулся и через некоторое время пригласил ее на свидание. Очень скоро они стали друзьями, возлюбленными старшеклассников. Им суждено было быть вместе навсегда.

Уильям был единственным ребенком, и его первой любовью был спорт. Он надеялся после окончания школы поступить в один из лучших университетов на футбольную стипендию. Когда он не тренировался, он играл. Он не был ученым, отнюдь, но восхищался трудолюбием и прекрасно разбирался в людях. Однажды он заметил Линду, которая пыталась открыть замок на своем шкафчике. Он предложил помощь, но замок открылся сразу же, как только он попросил. После того дня он хотел пригласить ее на свидание, но не решался до того дня, когда они обменялись взглядами на футбольном поле. Когда она улыбнулась ему, он понял, что она - та самая.

Но, увы, их карьерные пути разошлись в разные стороны. Это было слезное прощание для обоих. Оба пообещали приезжать домой каждые выходные и поддерживать связь каждый день. Сначала они переписывались и созванивались ежедневно, потом перешли на раз в два дня, а затем и в неделю. Но это было нормально, потому что они все равно приезжали домой каждые выходные, чтобы видеть друг друга и быть вместе. Разъединение и сближение сделали их сильнее и крепче.

Потом что-то случилось, но никто не знал точно, что именно. Возможно, они были слишком заняты, а возможно, разлука стала новой нормой.

Тоскуя по обществу друг друга, но не имея возможности его получить, они начали встречаться с другими людьми. Они согласились встречаться с другими людьми, так сказать, для пробы сил.

Уильям встречался раз или два, но с кем бы он ни встречался, все его мысли были только о Линде. Ему было интересно, что она делает и с кем. Он старался не обращать внимания, когда люди говорили о ней или видели ее на свидании, но ему было не все равно - он любил ее, она была для него всем, но если она была счастлива, он был достаточно мужественным человеком, чтобы отступить и дать ей время разобраться в том, что он уже знал.

Линда тоже встречалась, она была сногсшибательна и умна. Она старалась вытеснить Уильяма и мысли о нем из головы. Она перепробовала все, встречалась с парнями, которые отличались от Уильяма, но ей всегда чего-то не хватало. Когда она узнала, что он встречается с другими женщинами, она выпятила подбородок и сказала: «Если он может это сделать, то и я смогу». Одна из ее подруг, которая втайне хотела Уильяма для себя, оттолкнула ее, и Линда продолжила встречаться с парнем, который, как она знала, был не для нее. На самом деле никто из парней не мог сравниться с Уильямом, потому что она любила его и только его. Ее сердце не могло полюбить никого другого.

Потом она вернулась домой, и Уильям тоже был дома, и они побежали друг к другу, как актеры в кино, и поклялись, что после окончания школы они больше никогда не расстанутся. Так и случилось.

Пятнадцать лет спустя они все еще женаты. По-прежнему вместе.

Даже когда они потеряли работу. Работа в одной и той же компании имела свои преимущества, но не тогда, когда экономика пошла вразнос, и они стали увольняться последними. Линду сократили первой, и она бросилась искать другую работу, но с рождением ребенка они решили остаться в той же компании: Уильям работал полный рабочий день и получал все медицинские льготы, а Линда оставалась дома, пока их сын не подрастет настолько, чтобы посещать детский сад (который компания предоставляла на месте).

Вместо того чтобы улучшаться, экономика стала ухудшаться, и вскоре Уильям тоже остался без работы. Оба подрабатывали где попало и когда попало, распределяя между собой заботу о сыне, поскольку нанимать няню было слишком дорого, а им нужен был каждый пенни, чтобы продолжать выплачивать ипотеку.

Когда работы не нашлось, они потеряли свой дом. Они взяли ипотеку до последнего, как и все их друзья, а потом остались без крова. Несколько месяцев они жили в своей машине, пока кредиторы не выследили их и не отобрали и ее.

Они держались вместе, крепко. Цеплялись друг за друга.

Когда они потеряли сына, это стало испытанием для всех. Ни медицинской страховки, ни дома, ни адреса. Вирус, грипп, пневмония, и в одну ночь его не стало.

Потеря его едва не выбила их из колеи. Волны отчаяния тянули их вниз, а бутылки с алкоголем для самолечения на несколько мгновений поднимали их, а затем сбрасывали в канаву и едва не разрывали на части. Теперь у них были только воспоминания о своем мальчике и фотография, вставленная в пластиковую рамку в центре подушки, которую они носили в рюкзаке вместе со сменой одежды, туалетными принадлежностями и рулоном туалетной бумаги.

Затем они обнаружили связь с сыном через природу. Они шли, поднимаясь все выше и выше, ощущая его присутствие по отношению к небу. Они не нуждались в пропитании, а когда нуждались, находили что-то в природе. Купались в ручьях, ели яблоки и лесные ягоды. Одуванчики и дикую спаржу. Головы скрипки и лук-шалот. Водяной кресс и северный дикий рис. Все эти деликатесы они могли добывать и готовить, не имея ничего под рукой. А воду они пили из утренней росы с листьев деревьев, а когда шел дождь, открывали рот к небу и пили до дна.

И они нашли это место, высоко над городскими огнями. Вдали от соблазнов и звукового загрязнения. В окружении природы, где они могли быть полностью вместе. Там, где им не нужно было прятаться от боли, где природа впитывала ее за них, в них самих.

Где простота падающей звезды могла пленить их и вернуть им сына в одно мгновение, в смерти ночной звезды.

«Нам лучше поспать, завтра большой день», - сказал Уильям, потягиваясь и зевая.

«Не хотелось бы, чтобы он закончился».

По траве прыгал кролик, время от времени останавливаясь, чтобы понюхать воздух. Их желудки урчали, но ни один из них не хотел лишать себя жизни ради еды.

Линда полезла в рюкзак и достала подушку. Она поцеловала фотографию сына, и Уильям сделал то же самое.

Уильям погладил место для себя, а затем для Линды.

Линда распушила подушку. Она положила ее на землю и прижалась щекой к фотографии сына. Уильям сделал то же самое.

Они прижались друг к другу, как две ложки.

Поскольку Уильям сидел сзади, он осторожно развернул газетные страницы. Порыв ветра налетел на них, давая понять о своем присутствии. Уильям прижал газеты к груди, оберегая их, словно они были ценнее золота.

Когда воздух снова стал спокойным, Уильям накрыл Линду первой и второй страницами, а затем наложил третью и четвертую.

Они прижались друг к другу. Так близко, как только могут быть близки два человеческих существа.

«Спокойной ночи, любимая», - сказал он.

«Спокойной ночи», - ответила она.

*Сноска: *«Когда я услышал ученого астронома» Уолт Уитмен 1865 г.

ОТКРОВЕНИЕ МАРГАРЕТ

В воздухе витала весна. Но Маргарет все равно не могла выбраться из депрессии.

Когда чувства одолевали ее, Маргарет обнимала себя, потому что больше никто не предлагал. Подруги говорили, что она просто отмазывается. Она должна говорить прямо. Просить, не требовать того, что ей нужно. Они говорили, что она не должна ожидать, что у ее мужа будет ЭПС.

В такие моменты Маргарет сворачивалась в воображаемый пушистый клубок, как мама-медведица. Затем она потягивалась и зевала, как будто просыпалась от долгой зимней спячки.

Выпейте еще, говорили они, как будто от того, что они напьются, все станет лучше.

Маргарет жаждала нового начала. Сезонного возрождения, в котором она могла бы вновь соединиться с самой сутью себя.

***

В пять утра в западном пригороде Торонто, недалеко от озера Онтарио, птицы вернулись с зимних каникул. Некоторые из них оставались в течение всего года - их она считала своими друзьями на все времена. Они уже обчистили куст гекльберри. Чтобы вернуть их, Маргарет наполнила кормушки семенами подсолнечника.

Зимой репертуар птичьих голосов варьировался от голубых соек до кардиналов, голубей и киллдиров. Каждое утро Маргарет ждала в тишине, чтобы послушать, как они привозят новые дни. Освежившись душой и телом, она закрывала глаза и снова погружалась в сон. До тех пор, пока ее не разбудили не соглашающиеся друг с другом голоса.

Это был ее сын-подросток против ее мужа. Хотя в них текла одна и та же кровь, их гормоны боролись за доминирование, и они сцепились рогами - особенно по утрам.

Маргарет и Майкл Линдстром поженились тринадцать лет назад, и вскоре после этого родился их сын, которому сейчас тринадцать лет. Некоторые говорили, что пара должна была пожениться, но это было не их собачье дело.

Они познакомились на свидании вслепую и сразу же нашли общий язык. Майкл был руководителем в транспортной отрасли. Маргарет работала на двух работах и одновременно училась в колледже, получая степень бакалавра в области графического дизайна.

Майкл работал много часов. Из-за того, что Маргарет училась и работала на двух работах, пара виделась нечасто. Но когда они виделись, между ними вспыхивали искры. Любовь витала в воздухе. Совершенно незнакомые люди подходили к ним и говорили, как влюбленно они выглядят, а солнце не переставало светить, когда они гуляли, держась за руки.

Подруги Маргарет завидовали, что у нее есть постоянный парень, и переживали. С их плотным рабочим графиком у них едва хватало времени на интрижки, не говоря уже о полноценных отношениях с мужчиной постарше.

«Просто развлекайся без ожиданий», - посоветовала Аннабель, хотя сама она, чтобы избежать осложнений, придерживалась политики открытых дверей, позволявшей ей менять партнеров по первому требованию.

«Но он мне нравится. То есть он мне очень нравится», - ответила Маргарет.

«Если уж суждено, то можно подождать до окончания университета», - сказала Лиззи, которая была настроена на долгосрочную перспективу. Она получала степень бакалавра наук по астрофизике, затем переходила в магистратуру и все еще решала, на какую специальность пойти после окончания университета. «Он старый, но не древний, и вряд ли в скором времени сгинет».

Он добрый, нежный и заботливый. Кроме того, он пригласил меня на рабочий концерт, чтобы познакомить со своими коллегами. Говорит, что хочет показать меня». Она улыбнулась.

«У тебя и так много забот: ты работаешь на двух работах и получаешь степень», - предложила Аннабель. «Не говоря уже о том, что ты еще слишком молода, чтобы связывать себя узами брака. Если только вы оба не любите это». Она насмешливо хмыкнула и переглянулась с Лиззи.

«Я могу отказаться, наверное», - сказала Маргарет, добавив в свой бокал еще немного вина.

«Чего ты делать не хочешь», - сказала Лиззи. «Я говорю - иди. Познакомься со всеми скучными людьми, с которыми он работает каждый день. Это точно избавит тебя от иллюзий на его счет - если вообще что-то поможет».

Маргарет вздохнула и вернулась к своим занятиям. Он не был таким уж старым и не вел себя по-старому. В наше время разница в семь лет была сущим пустяком.

Позже она сходила с Майклом на ужин, где встретила нескольких его товарищей по работе. Она была ближе к ним по возрасту, чем Майкл, но он ладил со всеми, и, на удивление, ей было приятно провести время. Ей понравилось, когда Майкл представил ее как свою девушку. Сказав это, он посмотрел на нее так, словно ожидал, что она опровергнет его слова, но вместо этого она взяла его за руку. Ей очень нравилось быть частью его жизни.

Вскоре после окончания рабочего дня Майкл предложил Маргарет отправиться с ним в деловую поездку за город. Она отказалась, но потом соблазн посетить Сиэтл, штат Вашингтон, заставил ее усомниться в своем решении. В конце концов, она все еще могла учиться, да и отдохнуть от повседневной рутины было бы неплохо. Если она поедет туда, то, вернувшись, действительно займется книгами.

«Все расходы оплачены», - убеждал Майкл. «Меня не будет дома в течение дня... У вас будет много времени для занятий у бассейна и в джакузи».

Она покачала головой, но он заметил, что она слабеет.

«И мы полетим бизнес-классом».

Ну, вот и все. Она собрала сумку, и они отправились в Сиэтл, где днем она училась. Ночью они наблюдали за игрой «Маринерс», а в другой раз отправились в рок-клуб «Трактор Таверн». Они услышали выступление Билла Клинтона в Сиэтлском центре. Они поднялись на Спейс-Нидл, осмотрели достопримечательности сада Чихули и сходили в Музей поп-культуры. Они словно побывали в медовом месяце; любовь витала в воздухе, и они зачали Томми.

Маргарет и Майкл не говорили о детях. Маргарет не знала, как подступиться к этой теме. Она подумывала об аборте, но не могла причинить боль тому, кто не выбирал рождение ребенка. Она пригласила Майкла на ужин и затронула эту тему.

«Я хочу семью, много детей», - сказал он.

Она улыбнулась.

«Но я не считаю себя женихом», - он сделал паузу. «Однако если бы речь шла о ребенке, я бы подумал о женитьбе. Все дети заслуживают самого лучшего начала».

«Кажется, я беременна», - пролепетала она.

Он сначала молчал, а потом вскочил и обнял ее. Он сказал, что им нужно знать наверняка. Она записалась на прием к врачу. Когда он подтвердил то, что она уже знала, они прижались друг к другу и расплакались, как идиоты. Даже сейчас, когда она вспоминала тот день, ей приходилось сдерживать слезы.

Она бросила колледж, когда утренняя тошнота захватила ее жизнь. Пропущенные занятия стали накапливаться. Когда стало ясно, что ей придется пересдавать весь год, Маргарет взяла академический отпуск и сосредоточила все свои силы на будущем. До появления ребенка нужно было успеть сделать многое. Они продали его квартиру. Купили дом в пригороде и быстро сыграли свадьбу в ЗАГСе, чтобы все было официально.

Будущая мама проводила дни, обустраивая свой дом. Когда они узнали, что у них будет мальчик, Маргарет с головой ушла в создание замечательной детской комнаты. Они выбрали спортивную тематику: бейсбол, хоккей, баскетбол. Даже футбол. Все виды спорта, которые они с Майклом с удовольствием смотрели по телевизору с плоским экраном.

Когда Майкл был на работе, Маргарет иногда готовила поднос с едой: мороженым, сельдереем, грибами и сальсой. Затем она усаживалась перед телевизором, включала успокаивающую музыку для ребенка и читала ему. Маргарет уже сбилась со счета, сколько раз она читала своему малышу "Что ожидать, когда ждешь ». Для нее это было как детская библия, и обмен знаниями еще больше укреплял их связь.

Однажды солнечным днем она отправилась в местный магазин подержанных книг со списком любимых книг, которые она обожала в детстве. Она забыла спросить Марка о его любимых книгах, но он никогда не был особо начитанным. Потребовалось две поездки, чтобы занести все книги в дом. Она села на диван, поставив перед собой коробки с книгами. Она не могла поверить, что нашла их все! Даже «Маленький щенок Поки», который был первой книгой, которую она сама научилась читать. А еще она пролистала «Паутину Шарлотты», «Анну из Зеленых Кейблз», «Любопытного Джорджа», «Близнецов Бобби», «Хайди» и всю серию «Гарри Поттера». Марк рассмеялся и сказал, что им лучше потратиться на книжную полку. Он сделал даже больше - сам построил ее, заявив, что в спальне его сына не будет ничего из этой мудреной мебели.

Вскоре появился Томми, и он был самым прекрасным произведением искусства, которое она когда-либо видела. Временами она не могла поверить, что они с Майклом создали его. Ее сердце росло, она никогда не знала, что может любить кого-то больше, чем Майкла, а она любила его очень сильно.

Майкл хотел сразу же завести еще одного ребенка, но вторая беременность была не по силам. Роды Томми были тяжелыми, и врач посоветовал им не пытаться снова. Майкл согласился, что не стоит рисковать, и был не против, так он сказал. Маргарет ему не поверила, хотя в прошлом он всегда был честен.

Громкие звуки внизу снова разразились, вырвав Маргарет из раздумий и вернув к реальности. Первым закричал Томми, захлопнув шкаф, затем Майкл отчитал его, и ситуация быстро обострилась. Они ссорились из-за самых нелепых тем. Они не любили утро... и она тоже.

Одно простое утро в тишине и покое - все, что ей было нужно, чтобы прийти в себя.

Маргарет подумала о том, чтобы встать, но потом отказалась от этой мысли. Она подождет, пока они не попросят ее о помощи. А они неизбежно попросят.

Томми заглянул к ней в комнату. Вместо того чтобы говорить тише, он крикнул: «Ты спишь, мама?». Он ждал секунду-другую, пока она не зашевелится.

Она всегда отвечала «да», потирая уставшие глаза, хотя заснуть во время буйства было невозможно.

Теперь, когда он привлек ее внимание, он воскликнул: «Мама, я не могу найти свою спортивную рубашку».

Она улыбалась, поскольку всегда клала их в одно и то же место, но в этот раз не стала об этом говорить. Какой в этом смысл? «Они в твоем шкафу, милая».

«Это так, НЕ ТАК!» - сказал он, после чего топнул ногой, отступил и хлопнул дверью.

Она начала считать: раз Миссисипи, два Миссисипи, три Миссисипи.

«Нашла! Спасибо, мама! Он все время был здесь».

Маргарет снова укладывалась под одеяло и погружалась в сон. Пока в их комнату не возвращался ее муж Майкл.

Он придерживался строгого режима. Сначала был туалет, затем мытье рук, чистка зубов, зубная нить, чистка языка с периодическими и очень слышными рвотными звуками (из-за чего она часто закрывала уши подушкой), затем пятнадцатиминутный душ, бритье, еще одна чистка зубов, сушка феном, причесывание, одеколон. Все было выверено до секунды.

Когда он заканчивал, то широко распахивал дверь, и горячий пар выходил из нее раньше, чем он входил в комнату. Она смотрела на него, как на убегающий призрак. Запах его одеколона и теплый пар навевали сон, и вскоре она снова заснула.

«Маргарет, ты не видела шальную запонку?»

Она подняла голову: «В последнее время нет», - ответила она, пока он рылся в верхнем ящике, не закрывая его до конца. Затем он открыл средний ящик, оставив его частично открытым. И наконец, нижний ящик выдвинулся до конца. Шкаф напоминал лестницу, но это было опасно, так как в любой момент он мог опрокинуться. Она представила, как Томми проходит мимо и весь комод падает на него. Ужас от того, что может произойти, пронзил ее до глубины души. Если бы ей пришлось вытаскивать его из-под земли... хватит ли у нее сил? Что, если... Она вскочила с кровати и закрыла все ящики.

«Я собирался это сделать», - сказал Майкл, захлопывая за собой дверь на выходе.

Поскольку она уже встала, то прижалась к спинке закрытой двери, пока снизу не раздался голос Томми: «Мама, я не могу найти свой обед!»

«Он в твоем ланч-боксе, вторая полка, правая сторона холодильника».

«Нет, не там», - ответил он.

«Иду», - сказала она, взявшись за ручку дверцы, но не успела она ее открыть, как он воскликнул: »О, теперь я вижу! Спасибо, мама».

Вернувшись в свою комнату, она пробормотала « пожалуйста», но черная щель под кроватью манила. Она могла бы проскользнуть прямо туда, и ничто не составило бы ей компанию, кроме пыльных кроликов. Там она могла бы создать свою собственную суперсилу - защитный щит из тьмы, отталкивающий громкие злые голоса.

Голоса, раздававшиеся все ближе, заставили ее принять решение, и она вскарабкалась в темное пространство. В уютной обстановке ее дыхание и сердцебиение замедлились. Она закрыла глаза, выпрямилась, а затем, потянувшись рукой вверх, спустила одеяло на пол и натянула его на все тело, словно построила крепость.

Майкл вернулся в их комнату. «Милая?» - сказал он.

Томми остановился в дверях: «Может, она в ванной?»

Майкл проверил, затем взглянул на кровать.

«Она ведь не под ней, правда?» прошептал Томми.

«Посмотрим», - услышала она ответ Майкла.

Они опустились на пол и вгляделись в темноту. Они увидели какое-то движение под одеялом. Майкл посмотрел на сына, затем приложил палец к губам. Тот кивнул, с удовольствием позволив отцу заговорить первым.

«Дорогой, - сказал Майкл успокаивающим голосом, - не мог бы ты отнести мои брюки и рубашки в химчистку?» Он открыл рот, потом снова закрыл.

Бедная Маргарет не могла поверить, что он дает ей список дел и разговаривает с ней так, будто она прячется под кроватью каждый день своей жизни. Это раздражало ее до смерти.

Не поняв намека, он продолжил: «Да, и я забыл спросить тебя на выходных, не против ли я пригласить нескольких друзей. Сегодня вечером. На небольшую вечеринку. Вечеринка на восемь человек, включая нас. Извини, что так быстро. Я собирался спросить тебя в выходные».

Томми сделал движение, чтобы присоединиться к матери в ее одиноком коконе. Вместо этого она замялась, пытаясь выбраться наружу. Выпрямившись, она вытерла пыль. Они смотрели на нее, но ничего не говорили. «Вы двое идите вниз», - сказала она, все еще держась за теплое одеяло.

Майкл взглянул на часы.

«Я в порядке, в полном порядке. Я буду через минуту, пожалуйста». Она положила одеяло обратно на кровать.

«Хорошо», - ответили они и ушли.

Когда они ушли, она потянулась через кровать. Она выключила электрическое одеяло на стороне мужа. Надевая домашний халат и тапочки, она представила, что забыла выключить его одеяло. Сгорел бы дом? Скорее всего. И это будет ее вина. Во всем всегда была виновата она.

Она закрыла халат, затем поправила волосы в зеркале. Ей нужно было поговорить с Майклом о званом ужине. Восемь человек. Сегодня вечером. По крайней мере, это не так плохо, как в прошлый раз, когда было двенадцать, или в предыдущий, когда было восемнадцать. Тем не менее она столько раз просила его предупредить ее об этом. В прошлый раз, когда она закончила все - ну, почти все, - у нее не нашлось времени накрасить ногти. Майкл неловко указал на это в присутствии гостей, и даже их сыну хватило эмоционального интеллекта, чтобы сменить тему, прежде чем она разрыдалась.

В прихожей ее туфельки-кролики высекали искры, когда она шла, и ее било током, когда она подбирала по пути носки, нижнее белье и запонки. Эти кусочки, словно след, вели ее вниз по лестнице, туда, где ее ждали.

Спустившись вниз, она оказалась в коридоре, ведущем в гостиную. Войдя внутрь, она увидела и услышала, как ее муж хрустит тостом, держа на мизинце чашку с чаем. Рядом с ним сидел Томми, поглощавший рисовые чипсы и не хватавший их ртом. Капельки молока и остатки хлопьев собирались между его ногами и, попадая на ковер, издавали звуки, похожие на попискивание.

Она мысленно пометила, что после их ухода бросит ковер в сушилку, радуясь, что ткань на полу впитывает жидкость, а не пачкает последнюю чистую школьную рубашку сына. Она добавила еще одну мысленную заметку, чтобы заказать ему несколько новых рубашек - он так быстро растет, что трудно угнаться за скачками роста.

«Доброе утро, - сказала Маргарет как раз в тот момент, когда Фред Флинстоун крикнул: "Вилма!

Семья отметила ее присутствие взглядом, а затем все вместе разразились хохотом, когда Барни и Фред продолжили свои обычные выходки. По крайней мере, они ладили друг с другом. Флинтстоуны - это единственное, в чем они были согласны.

Когда началась рекламная пауза, она сказала: «По поводу званого ужина, Майкл». Он убавил громкость на телевизоре. Томми запротестовал, потом доел свои хлопья.

«Извини, что так получилось», - сказал ее муж. «Я разговаривал с боссом в выходные на игре в гольф. Не знаю, как это вышло, но в следующее мгновение я понял, что устраиваю это чертово мероприятие. Необязательно, чтобы это был «черный галстук» или что-то еще. Достаточно трех блюд плюс десерт».

«Кто наши гости? Какую еду они любят? Есть аллергики? Есть вегетарианцы?» Она сделала паузу. «Почему бы нам не разжечь гриль?»

«Нет, идея с грилем хороша для посиделок на выходных, но у нас деловая мотивация».

Она вздохнула.

Он продолжил: «Мой босс и его жена, Джим и Дэйв из отдела маркетинга, Люси и ее муж Уильям из юридического отдела. Думаю, Люси может быть вегетарианкой или веганом. Лэнс из финансового отдела и его жена - мы с ней раньше не встречались. Он новенький в нашей команде». Он взглянул на часы и подскочил.

Маргарет схватила его за рукав. Она вставила недостающую запонку, а затем прижалась прямо к мужу в надежде получить поцелуй.

Майкл на секунду замешкался, прежде чем подарить Маргарет то, что некоторые могли бы назвать поцелуем, но она этого не сделала. Это было больше похоже на поцелуй, который он сделал на лету, проскочив мимо. Губы пары едва соприкоснулись.

Прежде чем Маргарет успела вымолвить хоть слово, Марк захлопнул за собой дверь.

Она снова обхватила себя руками. На секунду-другую показалось, что Томми собирается ее обнять. Она раскрыла объятия, и он в ответ протянул руку в ее сторону открытой ладонью вверх. Она скрестила руки на груди, когда он перешел к «продажам 101».

«Понимаешь, мам, сегодня День бургера - два по цене одного - и мне нужны деньги. Деньги нужны на благотворительность, а я уже потратил все свои карманные деньги на этой неделе».

«А как же обед, который я приготовила?»

«Нет проблем, я съем его на перемене».

Маргарет погладила его по голове, а затем пошла на кухню, где на крючке висела ее сумочка. Забравшись внутрь, она оглядела состояние своей кухни. Какой беспорядок! А ведь ей нужно было привести все в порядок к званому вечеру. Нет проблем!

У нее была только десятидолларовая купюра, которую она вложила в его все еще ждущую руку. «Принесите мне сдачу», - сказала она, когда он вышел из дома, крепко хлопнув дверью.

В гостиной «Флинстоуны» заводили песню «Вы отлично проведете время!». Маргарет напевала себе под нос, перекидывая через плечо ковер и собирая грязные чашки с блюдцами, стаканы и миски.

Оказавшись на кухне, она положила ковер в стиральную машину, посуду для завтрака - в посудомоечную, а затем налила себе чашку чая из теплой кастрюли. Она вернулась в гостиную, где было меньше беспорядка. Она пролистала каналы и наткнулась на «Судью Джуди». Она не могла не восхищаться этой женщиной, которая полностью контролировала всех и вся в своем зале суда.

Друзья посоветовали ей встать раньше, чем ее семья, - это сведет к минимуму хаос и беспорядок. Тогда бы она была у руля ситуации. Другие говорили, что она должна найти работу и уехать из дома раньше них, чтобы им пришлось научиться самим справляться с трудностями. Но она так устала, так не похожа на себя в эти дни, не говоря уже о том, что не работала с тех пор, как родился ее сын. Кто же теперь возьмет ее на работу?

Маргарет становилась все более недовольной своей участью, поскольку отдавала свою жизнь на нужды тех, кого любила.

Она возмущалась тем, что всегда отдавала, хотя это был ее выбор. Затем она садилась на поезд вины и жалости к себе. Неужели все матери проходят через то же самое? Эту пустоту? Это толкание и вытягивание внутри себя, создающее пустоту. Пустота внутри, которой она позволяла двигаться, как летнему шторму, и проливать дождь на все в своей жизни. Она была ураганом, ожидающим своего часа, и сегодня был день, которого она так боялась.

Она приняла душ и оделась, не останавливаясь на завтрак, но нашла время, чтобы бросить плед в сушилку, и с горячим желанием выйти из дома. Прочь. Куда угодно, лишь бы подальше.

Маргарет направила машину в сторону торгового центра и села за руль. Припарковалась. По дороге внутрь молодой человек управлял тележками. С помощью ветра несколько из них были обречены на неминуемое бегство. Она подумала, не сказать ли ему что-нибудь, чтобы облегчить его ношу, но вместо этого улыбнулась ему. Под дых он назвал ее сукой.

Хозяйка проигнорировала его и поспешила внутрь. Она не могла не задаться вопросом, почему ее жест сочувствия не вызвал ничего, кроме оскорблений. Неважно, подумала она, переключая внимание на текущую проблему: подготовку к званому ужину. Прежде всего, что же ей надеть? Может, стоит побаловать себя новым нарядом? В прошлом шопинг помогал ей поднять настроение. Может быть, и сегодня это поможет?

Маргарет прошла по модному коридору и обнаружила в витрине манекен в шикарном костюме, который ей понравился. Она вошла внутрь, где на нее набросились зеркала. Она отступила.

На эскалаторе она заметила спа-салон для волос и ногтей. Она посмотрела на свои ногти. Она предпочитала делать их сама дома, когда знала, что наденет, - тогда она находила время. А вот прическа - совсем другое дело.

Она стояла у входа в салон и наблюдала за работой стилистов. Похоже, в салоне был тихий день, поскольку только одно кресло было занято. Она подумала о том, чтобы зайти внутрь и поговорить с кем-нибудь, но решила отказаться, взглянув на телефон. Время шло, а у нее и так было слишком много дел.

Ее внимание привлекла мигающая неоновая вывеска. Она гласила:

Путешествуйте к месту своей мечты. Распродажа только сегодня!

Маргарита больше не была Маргаритой, она была Маргаритой на Кубе. Она представила себя на Кубе, исполняющей румбу. Потом она оказалась в Австралии, танцуя в глубинке. Не может быть! Это было слишком далеко.

Молодой человек примерно вдвое моложе ее заметил ее. «Я сейчас подойду», - сказал он. Он вернулся к своему разговору по телефону.

Она вошла внутрь и неловко встала возле стойки администратора. Она прислушивалась к спокойному голосу молодого человека. Иногда он признавал ее присутствие улыбкой. Через несколько минут он замолчал и положил руку на телефонную трубку.

«Выпейте чашечку кофе или воды, пока ждете. Я не буду долго ждать. И не стесняйтесь просматривать брошюры и журналы. Я сейчас подойду».

Маргарет налила себе горячий кофе, добавила сливки и кусочек сахара. Заметив коробку с печеньем, она бросила взгляд в сторону молодого человека, разговаривавшего по телефону. Как будто спрашивала у него разрешения.

Он снова накрыл трубку ладонью: «О да, угощайтесь бисквитом или двумя. Всегда пожалуйста».

«Спасибо», - прошептала она, взяв в руки печенье. Это был райский шоколад.

Пока она ждала, она пролистала несколько журналов. Первый был о Швейцарии. Сейчас Мэгги готовилась к катанию на лыжах в Церматте, а высокий, светловолосый и красивый инструктор по имени Свен помогал ей с лыжами. Вот они закончили кататься, и он предложил ей чашку горячего какао. Она взвизгнула и потянулась за ней, а потом отмахнулась от него.

Она взяла еще одну брошюру о Гавайях, представляя себя на пляже в Вайкики, обнимающуюся с Джорджем Клуни. Потом она посмотрела вниз, поняла, что на ней бикини, и вскрикнула.

Маргарет вернулась к реальности и посмотрела в сторону молодого человека, который все еще разговаривал по телефону. Он не заметил ее вспышки. Ну и ну. Она откусила еще кусочек шоколадного бисквита. О том, чтобы надеть бикини или любой другой купальный костюм, не могло быть и речи.

На стене она заметила плакат, рекламирующий поездку в Британию. Бифитеры. В этих безумно высоких шляпах. Теперь она была Кэти, ищущей Хитклифа на Йоркширских болотах. День был очень холодный и ветреный, но они гуляли и наслаждались свежим воздухом...

«Могу я вам помочь?» - спросил молодой человек.

Хитклиф исчез. Маргарет ответила с раскрасневшимися щеками: «Я просто мечтаю».

Молодой человек щелкал по клавиатуре, глядя на экран. Он повернул компьютер к ней. «Это сегодняшние однодневные предложения. Они только что поступили!»

Заинтригованная, она подошла ближе.

«Если вас интересует Англия, то таких цен вы больше не найдете».

«Я всегда хотел посетить Великобританию».

«В эту цену, - сказал молодой человек, - входит аренда автомобиля, а также комбинация отелей и пансионов. Вы сможете путешествовать по стране, а потом выбирать, где остановиться и переночевать».

«Я не знаю, как там ездить, разве они не ездят по другой стороне?»

«Это правда, но вы быстро освоитесь».

***

Маргарет вернулась домой и сделала заказ на вынос. Она выбрала из меню множество блюд на любой вкус. Шардоне, розу и пиво она поставила в холодильник. Четыре бутылки красного она поставила в винный шкаф.

Повязав на талию фартук, она принялась пылесосить и вытирать пыль. Она перестелила чистый ковер в гостиной. Когда все было в порядке, она накрыла стол, расставив за ним места для семерых. Майкл не хотел рисковать, чтобы Томми устроил сцену. Не на глазах у босса и товарищей по работе. Она приготовила поднос и поставила его на стойку, чтобы он мог отнести его в свою комнату.

Маргарет пошла в свою комнату и собрала чемодан и ручную сумку. Она заказала Uber, чтобы он отвез ее в аэропорт.

Через три часа она села в самолет и уже летела в Великобританию.

Когда она смотрела в окно, на долю секунды ее охватило чувство вины. Она поборола его.

Она оставила на холодильнике записку о том, что уезжает.

Маргарет не указала, куда она едет и когда вернется.

Не упомянула она и о том, что купила билет в один конец. Они сами разберутся.

ЗОНТИК И ВЕТЕР

Была пятница, 13-е, и ветер свистел вовсю. Вещи, которые не должны были летать, подпрыгивали и рикошетили. Через и над. Повсюду вокруг меня происходили сальто-мортале.

В такой день некоторые пенсионеры могли бы остаться в постели, но не я. Зачем мне выходить на улицу в такой ужасный день? По этой и только по этой причине - мне нужна была чашка крепкого кофе.

Поэтому, играя в «доджем», пригибаясь и ныряя, я выбрался из дома и сел в машину. Затем я направился к ближайшей кафешке. Я был не единственным, кто отважился отправиться в неизвестность, чтобы вылечить свою кофеиновую зависимость.

Очередь продвигалась вперед. Я сделал заказ на особо крепкий ванильный латте, а затем на машине пополз к окошку, чтобы расплатиться. Я потянулся за бумажником и обнаружил, что оставил его дома.

Женщина у окна протянула руку и снова втянула ее, чтобы избежать небольшой ветки, которая ударилась о мое окно, а затем отскочила в ее.

«Сдачу», - сказал я, когда женщина снова протянула руку. Я все еще рылся в бардачке и отделениях для стаканов. После подсчета у меня осталось семьдесят восемь центов. Под сиденьем лежал еще один доллар. Я продолжил поиски, в то время как машины позади меня ждали, а парень, стоявший прямо за мной, посигналил, за ним последовали остальные.

«Этого хватит», - сказала женщина, забирая монеты и протягивая мне кофе.

Я улыбнулся своей самой большой улыбкой и сказал: «Спасибо», - закрыл окно и отъехал от дома, преисполненный благодарности. Кофе пахло как в раю, но я не решался сделать глоток до первого красного света.

Пока я ждал, потягивая и смакуя, нежданный зонтик треснул своей деревянной ручкой по лобовому стеклу, а потом отскочил и упал на ветку соседнего дерева.

Я даже не осознавал, что ява обжигает меня, пока свет не изменился. Я спокойно остановился и вышел из машины. Ничто не сравнится с горячим кофе, стекающим по ноге в носки и туфли. Я затряс ногой, как собака, которую недавно искупали.

Я видел, что она приближается, но было уже слишком поздно.

Этот чертов зонтик. Опять.

***

Я очнулся, все еще находясь на парковке, с деревянной ручкой зонта, обмотанной вокруг моей шеи. Я сильно упал, но успел ухватиться за дверцу машины, что, с одной стороны, было хорошо, а с другой - плохо, поскольку скрывало мое затруднительное положение.

Бетон подо мной был холодным и пористым. Я попытался встать, но ветер подхватил зонт и понес его дальше, как перекати-поле.

Я еще не стоял на ногах, но уже бросился вверх, прижимаясь к дверце машины. Резкий щелчок дверного замка не предвещал мне ничего хорошего - я оставила ключи в замке зажигания. Я нащупала телефон и быстро поняла, что он лежит дома в сумочке.

Я прислонилась к машине, скрестив руки, в надежде привлечь доброго самаритянина.

Вдалеке я заметила зонтик, который направлялся в другую сторону. Упс. Встречный автомобиль, пытаясь объехать кружащегося дервиша, врезался в заднюю часть другой машины. Сейчас кто-нибудь позвонит в полицию. Я бы тоже помахал им рукой, чтобы они помогли мне. Все хорошо.

Вскоре проклятый зонт снова сорвался с места и на полной скорости помчался в мою сторону. Я что, магнит для зонтов? На этот раз он взлетел высоко вверх, крутясь. Вдалеке виднелось нечто прекрасное. Он открывал небо во всей его черноте. Это было завораживающе, так высоко он взлетел, и вы знаете старую поговорку: «Что поднимается вверх», - так вот, она оказалась верной, когда эта чертова штуковина плюхнулась на землю, способная навсегда выбить меня из колеи. Как говорится в девизе бойскаутов, я был готов и, вместо того чтобы ждать, пока она столкнется с моей головой, протянул руку и схватил ее за ручку.

Я держался изо всех сил, надеясь, что не превращусь в Мэри Поппинс. Мои ноги оторвались от земли, но лишь на секунду или две, прежде чем я услышал вой сирен и шлепанье ботинок по асфальту.

Молодая женщина положила свою руку поверх моей на ручку. Мы выпрямились, когда по улицам раздались шаги, а ее владелец нажал на кнопку и закрыл складной навес.

***

После этого странного утра я вернулся домой и положил ноги на пол, не желая двигаться, пока не стихнет ветер. Я придерживался этого плана до тех пор, пока мой сын не попросил меня забрать его в 7:30 из дома его друга на другом конце города. Родители должны были привезти его домой, но они были нервными водителями, поэтому я и вызвал их.

Трещина в виде бычьего глаза на лобовом стекле постоянно напоминала о том, как прошел мой день. Я все еще ждал ответа от своей страховой компании по поводу франшизы. Они расследовали версию «стихийного бедствия».

Я связался с полицией, которая сказала, что подтвердит существование зонтика, но не то, что он связан с моим лобовым стеклом. Когда они увидели меня, я держался за него.

Чувствуя себя крайне обиженным на человека, не сумевшего удержать свой тканевый навес, я уже подумывал написать в совет и потребовать лицензию на зонтик. Тогда я смогу заставить их оплатить мою франшизу, а еще лучше - подать в суд.

Я завел машину и выехал с подъездной дорожки, опасаясь летающих предметов, когда мое внимание привлекла зеленая бутылка. Она крутилась и вертелась по кругу, словно воображаемые люди, играющие в игру «Крути бутылку». Большую часть времени она не отрывалась от земли и была похожа на продолговатый зеленый космический корабль, который взлетал, поднимался все выше и выше, затем разбивался, вращался и снова поднимался. Я продолжил путь, по совпадению, в том же направлении, куда направлялась бутылка.

Увидев мужчину и женщину, которые шли навстречу друг другу, пока бутылка совершала опасное кувыркание, я открыл окно и окликнул их. Когда они не отреагировали, я посигналил. Бутылка, теперь уже высоко в воздухе, начала свободно падать в их сторону.

Бутылка упала и со всей силы ударила женщину по голове. Зеленая емкость срикошетила и попала в голову мужчины. Безразличный зеленый предмет несколько раз поднялся и опустился, после чего остановился у ствола дерева.

Я включил четырехсторонние мигалки и выключил двигатель, прежде чем снова выйти из безопасного автомобиля на опасный ветер.

И мужчина, и женщина были в сознании, но не двигались и не пытались встать. Я померил пульс у женщины, затем у мужчины и оценил ситуацию, вспомнив свой многолетний опыт оказания первой помощи. Я набрал номер 911. Диспетчер задал несколько вопросов, но треск позади нас заставил людей сесть.

Мы смотрели, как ветер продолжает реветь, отправляя в полет бутылки. Величественная плакучая ива наклонилась, чтобы подхватить ее, но было уже поздно. Ветер разорвал ее толстую тулью пополам, и, когда дерево ударилось о землю, отголоски раскачали землю под нами.

«Давай!» крикнул я.

Мы рванули с ветром по пятам.

***

Как только мы добрались до убежища моей машины и пристегнулись, я завел ее. Когда бутылки уже не было видно, мы поехали за сыном.

После нескольких минут передышки мы представились друг другу.

Брент Уэлч был высоким и очень красивым мужчиной с темными волосами и голубыми глазами. У него была ямочка на подбородке, как у Кэри Гранта. Он был партнером в местной юридической фирме, очень хорошо говорил, обладал прекрасными манерами и был холост.

У Эйлин Мэнни, тоже незамужней, были длинные светлые волосы, и она слишком много красилась. Она была сдержанным и мягким представителем косметической компании, так что ее «лицо было ее палитрой».

Я представилась. «Меня зовут Элис Митчелл. Я недавно овдовела и работаю учительницей в средней школе на пенсии».

Теперь, когда мы были знакомы, они поблагодарили меня за то, что я их спасла. Затем они спросили о трещине в лобовом стекле, как раз когда Джаспер забрался в машину и пристегнулся.

После знакомства я продолжил рассказывать историю про зонтик. Мои пассажиры разразились хохотом.

«Что смешного?» спросил я.

«Это не могло случиться ни с кем другим», - ответил Джаспер.

Мы отправились домой, по пути высадив Марка и Эйлин.

Когда мы наконец добрались до дома, я понял, что до конца этой более чем насыщенной событиями пятницы 13-го осталось еще два часа. Я забрался в кровать, натянул на голову одеяло и попытался уснуть.

Я даже не представлял, что меня ждет впереди.

***

На следующее утро, в субботу 14-го, я проснулся только через несколько минут. Во сне мне казалось, что в дверь звонят, пока мой сын Джаспер не постучал в дверь моей спальни.

«Мама, это к тебе □ полицейские».

Я откинула одеяло, стянула через голову ночную рубашку, сменила ее на костюм для бега и расчесала пальцами волосы, прежде чем выйти.

Мой сын, не знающий этикета в таких делах, хотя его воспитывали с прекрасными манерами, оставил полицейских стоять на крыльце.

Когда я высунул голову наружу, наполовину войдя, наполовину выйдя, ветер усилился и едва не вырвал дверь из моих рук.

Вид у офицеров был растрепанный, что в старину называлось «ветрено и интересно». Эта пара офицеров была достаточно красива, чтобы подрабатывать стриптизершами из «Грома из-под земли». Я пригласила их войти.

«Нет, спасибо, мэм», - сказал светловолосый парень, который, сняв шляпу, выглядел как другой парень, тот, что не был Пончем из C.H.I.P.S..

«Джон», - сказал я вслух, сам того не желая (имя светловолосого парня из C.H.I.P.S. только что пришло мне в голову).

«Меня зовут Маршалл», - сказал блондин. «Мой напарник - офицер Рэмси».

«Приятно познакомиться. И чем я могу вам помочь?»

Блондин сказал: «Вчера мы получили от вас сообщение о брошенном звонке в службу 911, не могли бы вы объяснить, что произошло?»

«Я наблюдал, как мужчина и женщина шли навстречу друг другу, ожидая переключения красного света. Я заметил бутылку».

«В середине полета?» спросил Рэмси.

Я кивнул. «Да, бутылка поднялась вверх, а затем снова опустилась. Я попытался привлечь их внимание, но не успел опомниться, как бутылка ударила сначала женщину, а потом мужчину. Оба тяжело упали на тротуар».

«В каком состоянии они были, когда вы до них добрались, и сколько времени вам потребовалось, чтобы добраться до них?» спросил Джон, то есть Маршалл.

«Я припарковался за несколько секунд и сразу же отправился в их сторону».

Рэмси вел записи, он записывал все, что я говорил.

Маршалл направил на меня свой телефон; он записывал все, что я говорил.

Я догадывался, что все в порядке, хотя в тот момент не задавался этим вопросом.

«Они были в сознании, дышали и имели сильный пульс. Убедившись в этом, я позвонил в 911».

«Что произошло потом?»

«Огромное дерево рухнуло вниз, и мы побежали к моей машине».

«Кто-нибудь из них просил вызвать врача или обратиться в скорую помощь?»

«Нет, они были в полном сознании. Мы смеялись и разговаривали. Их дома были на обратном пути, мы их высадили, и все прошло без проблем».

Мы молчали.

***

«Что все это значит?» спросил я, чувствуя, как ветер обдувает мой спортивный костюм.

«Ты когда-нибудь встречал кого-нибудь из них раньше?» спросил Маршалл. «В конце концов, их дома не так уж далеко от твоего».

«Нет». Я стоял молча, пытаясь понять, к чему они клонят своими вопросами. Какая разница, видел ли я кого-нибудь из них раньше? Внутри сын включил телевизор, и раздался взрывной звук. Я закрыла за собой дверь и вышла.

«Что это была за бутылка?» спросил Рэмси.

«Это была зеленая бутылка».

Оба офицера обменялись взглядами.

«Это правда, что вчера у вас был другой инцидент, связанный с зонтиком?» спросил Маршалл.

«Да, это была ужасная пятница 13-го».

«Дело в том, - сказал Рэмси. «Уэлч и Мэнни погибли».

***

Я очнулся после обморока, когда на меня смотрели три обеспокоенных лица. Два из них принадлежали офицерам Рэмси и Маршаллу. В руках они держали экземпляры «Ридерз Дайджест», которыми размахивали, как веерами. Другое принадлежало Джасперу, державшему стакан с водой, из которого он периодически выплескивал капли на мой лоб.

«Ты в порядке, мам?»

Я не была уверена в этом на сто процентов. Тем не менее я попыталась сесть, чтобы избежать дальнейших нападок «Ридерз Дайджест» и воды.

«У тебя был небольшой шок», - сказал Рэмси, когда ко мне подошли два санитара „скорой помощи“. Один из них проверил мой пульс, другой защелкнул на руке аппарат для измерения артериального давления и начал качать. Оба сказали: «Все в порядке».

Я попытался проводить их до двери, но они сказали, что в этом нет необходимости.

Рэмси сел напротив меня.

В животе у меня порхали бабочки, и я все еще чувствовала себя немного деликатно, когда в голове крутились вопросы о летающих бутылках, убивающих людей.

Мне казалось, что я думаю только о последнем, пока Рэмси не ответил: «Мы пока не знаем причину смерти. Коронер осматривает тела».

«Мы заметили, что у вас большая трещина на лобовом стекле», - сказал Маршалл. «Кто-нибудь из них столкнулся с ней?»

«Нет, это произошло из-за зонтика».

«Думаю, у нас достаточно информации», - сказали офицеры.

Джаспер проводил их.

Я пошел на кухню, заварил себе чашку крепкого чая и открыл пачку шоколадного печенья. Снаружи слышался ветер, раздувавший листья. Я открыл заднюю дверь и попросил матушку-природу утихнуть.

Как и ожидалось, она проигнорировала мою просьбу.

***

Воскресенье прошло спокойно. Я держалась в стороне, и Джаспер отнесся ко мне так, будто это был День матери: завтрак, обед и ужин в постели. Все еще пребывая в шоке, я с радостью приняла роль инвалида на один день и только на один день.

В понедельник утром я первым делом отправилась в мастерскую по замене стекол. Все, что мне нужно было сделать, - это заплатить франшизу, и они починят все на месте.

Зазвонил телефон, и это был офицер Рэмси. Он попросил меня приехать в участок: «И привезите свою машину».

Я объяснил, где нахожусь и почему. Он сказал, что моя машина «под следствием». Он сказал, что я останусь без машины на пару дней.

Я сказал ему, что приеду как можно скорее, и покинул помещение.

Позже я ждал на красном светофоре, когда заметил молодую пару, идущую вместе, держась за руки. В другой руке у него была чашка кофе. Она пила из зеленой бутылки. В один момент они были счастливы, а в другой - она выронила его руку, как горячую картофелину. Он в свою очередь уронил горячий кофе, и тот пролился на его брюки и ботинки.

В мгновение ока он ударился о дно ее бутылки, и она взлетела в воздух. Те из нас, кто ждал у светофора, видели, как она взлетела вверх. Она была похожа на ракету, взмывающую прямо в небо.

Она опустилась как раз в тот момент, когда молодая пара смотрела вверх.

Он ударил женщину по голове, срикошетил от мужского затылка и покатился по тротуару на улицу.

Я выскочил из машины, на ходу набирая номер 911. Другие последовали за мной, выходя из своих машин. Мы перекрыли весь перекресток.

Девушка была без сознания, а мужчина - в полном сознании.

«Скорая помощь уже едет», - сказал я.

Мы услышали сирены. Увидели полицейские машины.

«Что вы здесь делаете?» спросил Рэмси.

«О, Боже», - ответил я.

****

Я объяснил ситуацию. На этот раз свидетелей было предостаточно.

После того как «скорая» усадила пару внутрь и уехала, офицеры велели всем, кроме меня, убраться с территории. Они уже поговорили с большинством свидетелей.

«Вы меня арестовываете?»

Они обменялись взглядами.

«Вам все еще нужно конфисковать мою машину?» Я выпендривался, я видел много полицейских шоу.

«Можете отправляться домой», - сказал Рэмси.

«Мы знаем, где ты живешь», - сказал Маршалл с ухмылкой. «Только не уезжай из города, хорошо?»

Я рассмеялся и пошел своей дорогой.

***

По дороге домой обошлось без происшествий.

Я поставила в духовку жареную курицу, почистила картошку и нарезала овощи, все это время думая о зеленых бутылках с воздухом.

Я зашел в свой кабинет и набрал в поисковике «летающие бутылки». На YouTube появилась ссылка на парня, который положил конфеты в бутылку, а затем разбил ее о землю. Ничего не произошло. Заинтригованный, я продолжил наблюдение. В следующий раз, когда он разбил бутылку, она после столкновения с лицом оператора взлетела в воздух, как ракета.

Затем я наткнулся на несколько экспериментов Myth Busters, которые подтвердили, что полная бутылка способна проломить череп. А вот пустые бутылки, наоборот, не могли □ этот миф был окончательно развеян двумя недавними смертями.

Я выключил компьютер. Я не хотел больше думать об этом.

Как по команде, вошел Джаспер. «Все в порядке, мам?»

Я рассказала ему о последнем инциденте и экспериментах на YouTube.

«Ты ведь шутишь, да?»

Я покачала головой и пошла на кухню помешивать картошку.

«В довершение всего на место происшествия вызвали офицеров Рэмси и Маршалла. Они, наверное, думают, что я сглазила».

«Мама, это маленький городок, мы все в курсе дел друг друга. Кто-нибудь записал инцидент на телефон?»

Из уст младенцев. Если да, то запись могла быть выложена в сеть. «Как мне его найти? Какие ключевые слова мы должны использовать?»

Мы вернулись в мой кабинет, и, конечно же, он там был.

«Вы должны сказать офицерам».

Офицер Рэмси ответил сразу же. Джаспер отправил ему прямую ссылку, а я ввел его в курс дела.

Картофель был почти готов, поэтому я слила воду и добавила немного соли и перца.

Мы с Джаспером сели ужинать, включив телевизор. Показывали новости о паре, попавшей под бутылку. Мы положили столовые приборы и придвинулись поближе. Диктор сообщил, что состояние девочки критическое, но, к счастью, состояние мальчика стабильное.

Мы больше не были голодны.

***

Я не спал долго, все время ворочался и ворочался.

В конце концов я сдался и сделал себе чашку чая.

Я стояла, держа ее в руках, и смотрела в окно на ветер, который все еще дул и кружил все вокруг. Меня била дрожь.

В моей жизни хорошие и ужасные вещи всегда происходили втроем.

Я зашла в свой кабинет и набрала в интернете информацию о сверхъестественных явлениях, в том числе о предчувствиях. Все признаки были налицо. Вселенная пыталась мне что-то сказать.

Но что?

Знаки указывали на то, что это может быть злой дух, кто-то, кого убили или убили раньше времени. Кто-то, кто бродит вокруг и жаждет мести. Я не видел никакой связи с жертвами. В конце концов, они были совершенно незнакомы.

Я начал яростно печатать. Составление списков всегда помогало мне разобраться во всем.

В колонке номер один я записала себя. Одинока. Овдовевший. На пенсии. Один сын. Замужем тридцать пять лет. Муж умер от рака толстой кишки. Четвертая стадия. Оба моих родителя умерли. Я была единственным ребенком. Наша семья всегда жила в местных краях. Наша генеалогия уходит корнями в эту область.

В списке номер два я указал Брента Уэлча. Ему было тридцать три года, и он был адвокатом. Я погуглила его некролог. Он был холост. Никогда не был женат. Жил один. Его родословная тоже велась из этого района. Как же мы раньше не встречались? Его родственники сыграли важную роль в превращении нашей общины в пригодное для жизни место еще во времена первопроходцев. Его мать и отец умерли. Он был единственным ребенком.

У нас было несколько общих черт. Это заставило меня приподняться.

В следующей колонке я поместил Эйлин Мэнни. Ей было тридцать девять лет. У нее была сестра-близнец по имени Эстер, которая жила поблизости. Вот вам и вся теория. У них были местные корни, но они не уходили так далеко, как у Брента и меня. Эйлин была замужем, но ее муж скончался. Родители Эйлин были живы, но переехали. Дочь Эйлин училась в той же школе, что и Джаспер. Странно, что мы не пересекались раньше.

Мои списки содержали мало информации и совершенно не помогали.

Сонная, я снова легла в постель, где в голове вертелись списки бесполезной информации.

***

Шел сильный дождь, но тучи были не на своих местах. Вместо этого они были подо мной. Дождь шел с земли. Еще один признак изменения климата и загрязнения городов?

Я парила вне себя, в то время как мои ноги оставались твердо закрепленными в моих «Нежных туфельках». Мои ноги были спрятаны под цветистой разноцветной юбкой в стиле шестидесятых. Она развевалась на ветру, обнажая их, так как юбка складывалась гармошкой, а затем возвращалась обратно. На талии был пояс из очень толстой коричневой кожи. Он был слишком тугим, стягивающим меня.

Неужели я умерла?

Я ущипнула себя. Значит, не мертва.

На мне была белая блузка с высоким воротничком и ожерелье, бусы, черные, четки. Я провела прохладными бусинами по пальцам, пытаясь разобрать их, но так и не смогла вспомнить, что с ними делать.

Ветер подхватил меня и понес. Меня мотало вперед и назад.

Мои длинные волосы спускались по спине в одну тугую косу.

Я стояла на клочке земли над облаками. Здесь не было огромного пространства, чтобы передвигаться, не боясь упасть.

«Мама! Мама! Проснись! Проснись, пожалуйста».

Это был Джаспер. Я вернулась.

Я закричала, когда зеленый огненный шар опалил мои волосы и расплавил четки. Он стекал по моей груди и проникал сквозь пальцы.

***

Я сел и посмотрел на свои пальцы, ожидая увидеть зеленые капли, но они были чистыми, как свисток. Это был всего лишь дурной сон.

Мой сын все еще звал меня. Я побежала в гостиную и несколько раз открыла и закрыла глаза, чтобы убедить себя в том, что я вижу то, что вижу. Какой ужас!

Зеленая тварь пробила крышу моего дома. По пути вниз, в подвал, она крушила и уничтожала все на своем пути, разбрызгивая по дому неоново-зеленую субстанцию, словно собака, помечающая свою территорию. Зеленый оттенок был бы приятным штрихом, если бы его не было так много и если бы он не был разбросан беспорядочно.

«Что за черт?»

«Разве ты не слышал?» спросил Джаспер. «Это было похоже на звуковой удар».

Я подошел ближе к отверстию. Я ничего не слышал. Я спал, видел сны. Теперь я проснулся и потерял дар речи. Я скрестил руки и посмотрел вниз. От него поднимался пар. Я протянул ладонь и, несмотря на то что это было этажом ниже, почувствовал, как поднимается жар. Я попыталась заговорить, но слов не находилось.

Джаспер наблюдал, ожидая, что я скажу.

Он не был похож ни на что, вмонтированный в пол моего подвала. Оно не было ни круглым, ни квадратным, ни яйцеобразным. У него было много граней, он был трехмерным, сферическим, почти евклидовым, твердым додекаэдром.

«Может, стоит позвать кого-нибудь?» спросил Джаспер, облокотившись на край рядом со мной.

«Не уверен, что нам стоит звонить. Мы не пострадали, пострадал дом. Это не призрак, так что команда по борьбе с призраками не поможет. Не уверен, что Нил деГрасс Тайсон или кто-то из научных журналов выезжает на дом».

Джаспер рассмеялся. «Хотелось бы, чтобы Стивен Хокинг все еще был рядом».

«Я думаю, это больше похоже на Стивена Кинга», - сказал я.

Мы были в состоянии шока, но держались с юмором.

«Нам нужно спуститься туда и посмотреть поближе».

«Не знаю, мам, эта штука излучает тепло. Мне кажется, что я обгорел на солнце, просто стоя здесь».

Он был прав, но я не замечала, потому что в моем возрасте приливы жара - норма.

«А что насчет полиции?» спросил Джаспер, доставая свой телефон и делая несколько снимков.

«Не уверен, что они смогут помочь, но, по крайней мере, они находятся в нескольких минутах езды». Меня пугала мысль о разговоре с офицерами Рэмси и Маршаллом.

«Я снял это, - показал мне Джаспер, - в тот момент, когда оно пролетело сквозь крышу».

На снимке, сделанном в нисходящем движении, было видно, как он складывается и раскладывается прямо перед ударом.

«Она искажена», - сказал Джаспер. «Он двигался очень быстро».

Я позвонил в полицейское управление, но у офицера Рэмси был выходной, поэтому я попросил позвать офицера Маршалла. После моих объяснений он спросил: «Это шутка?»

Отправив фотографию раньше, я отправил ее ему сейчас. Доказательство. Я подождал.

Офицер Маршалл спросил, не пострадал ли кто-нибудь, и я подтвердил, что речь идет только о доме. Я объяснил, что мы собираемся спуститься вниз и осмотреть все поближе. Он предложил подождать его и проверить все вместе.

Повесив трубку, мы с Джаспером пошли на кухню, и я поставила чайник.

«Из всех домов в мире почему именно наш?» - спросил он.

«Я как раз думал о том же, сынок». Я также думал о страховой компании и о том, что они скажут. Сначала разбитое лобовое стекло, а теперь еще и разрушенный дом. Я налил воды в растворимый кофе, и мы сели.

«Если бы он был сделан из нефрита, мы были бы вонючими богачами», - сказал Джаспер.

«Да, китайцы называют нефрит небесным камнем».

Мы отпили по глотку и стали смотреть вниз: от него исходило тепло. Поднимается. Я подумал, не может ли он быть достаточно горячим, чтобы поджечь весь дом. Я решил позвонить в пожарную службу.

***

Вскоре в нашу дверь позвонили нежданные гости. Это были не полицейские и не пожарные. Это были наши соседи. Они услышали грохот, собрались и пришли проверить (и убедиться, что с нами все в порядке).

Они протиснулись внутрь, увидев, что и я, и Джаспер в порядке.

«Здесь точно жарко», - сказал Артуа с другой стороны улицы. Он был известен тем, что говорил чертовски очевидные вещи.

«Что это?» - спросила его жена, заглядывая в дыру.

«Твои догадки не хуже моих», - сказал я.

«Приехали копы», - сказал Джаспер и пошел впустить их.

«Возвращайтесь в свои дома», - потребовал офицер Маршалл, но никто не двинулся с места.

Прибыли пожарные со шлангами наготове. Они следили за жаром и поливали объект сверху. Вместо того чтобы стать холоднее, он шипел и плевался. Выходило все больше пара. Он становился все горячее, вплоть до того, что плавил нашу одежду.

«Отойдите! Отойдите!» потребовал офицер Маршалл. Парни в защитной одежде не чувствовали жара так, как мы. Через несколько секунд они прекратили водный штурм.

Как раз в это время появился представитель страховой компании: «Ух ты!» - сказал он.

Это было последнее, что я услышал.

***

Я пришел в себя в постели с натянутыми до шеи одеялами, уверенный, что мне только что приснился страшный сон о зеленой штуке, падающей с потолка. Я вышел на улицу, чтобы исследовать ситуацию.

В гостиной я увидел гигантский черпак, который опускали в дыру, намереваясь вытащить зеленый кратер из моего дома. Похоже, это был хороший план.

Рот этой штуки открылся, большой, еще больше, потом настолько, насколько мог. Она пролезла под тварь, держа челюсти наготове, и зажмурилась.

«Все системы работают!» - крикнул кто-то.

Аппарат дернулся и заскрипел. Он захрипел, потом сдался со вздохом и сломанной челюстью. Металлические зубы гнулись и выкручивались, когда то, что осталось прикрепленным к подъемному устройству, подтягивалось обратно.

«И что теперь?» спросила я.

«Мэм, - сказал офицер Маршалл, - почему бы вам и вашему сыну не забронировать номер в отеле на несколько дней? Возможно, у вас даже есть страховка, чтобы покрыть это».

«Божий промысел», - сказала я.

«Мой шурин занимается страхованием, и я спросил его об этом. Он сказал, что большинство полисов покрывают метеориты, так что если мы сможем определить, что это метеорит, то все будет покрыто».

«А кто решает, что это такое, а что нет?»

«Мы связались с кем-то, кто может дать нам совет или направить нас в нужное русло».

Я сел в свое любимое кресло □ без исключений мой маленький кусочек мира в хаосе.

***

Когда никто не смотрел, я спустился вниз, чтобы рассмотреть вещь поближе. Когда я приблизился, мне показалось, что от него исходит звук, гудение или жужжание, усиливающееся по мере приближения, а также повышение температуры. Также появился запах, который заставил меня закрыть нос рукой.

Стоя рядом с ним, я почувствовал, что все вокруг перевернулось с ног на голову. На самом деле, когда я подняла голову, гости, стоявшие в гостиной, отразились внизу, словно их тела находились на верхнем этаже, а их тень внизу парила по полу вместе со мной. Это было странное ощущение, как будто я был там, внизу, но не один.

Тенеподобные предметы были зеркальными изображениями с зеленым светом - энергией, ведущей к объекту. Я изучал гостей наверху и их двойников внизу; когда они двигались, их тенеподобная энергия тоже перемещалась.

Я обошел один из лучей и приблизился к упавшей массе, и жар уменьшился. Если я следовал схеме, используя теневые энергии, то смог приблизиться к упавшему предмету.

Осмотрев его внимательнее, я обратил внимание на прорези на его поверхности. По форме они напоминали глаза, но ни зрачка, ни век, ни ресниц не было. Покрутившись вокруг него, я почувствовал головокружение.

Чтобы успокоиться, я оперся рукой о стену. В следующее мгновение я понял, что стена сдвинулась, и я оказался за пределами своего дома. Стена моего подвала превратилась в турникет.

Кроме травы, ничего вокруг не выглядело так, как должно быть. Сарая не было, как и стойки для велосипедов и велосипеда моего сына. И еще: все соседские дома исчезли.

Я начал идти, жалея, что у меня нет веревки, привязанной к дому, чтобы держаться за нее в случае, если я заблужусь,

Я поднял голову и увидел, что ни солнца, ни неба нет. Вместо них была лишь зелень над головой и вокруг, за исключением деревьев. Деревья были без ветвей, одни лишь стволы тянулись к небу.

Я ущипнул себя, чтобы убедиться, что не сплю. Так и было.

Я повернулся и посмотрел на свой дом. Надвигающийся объект был виден, наполовину внутри, наполовину снаружи.

На мгновение я хотел повернуть назад, но тут меня охватило какое-то чувство. Мне захотелось петь, и я запел. Том Джонс «Зеленая, зеленая трава дома».

Покачиваясь и танцуя сама с собой, я словно парила на облаке. Потом в голове возникла рука, рука моего мужа Лютера.

Я обняла его за шею, а он обхватил меня за шею.

Мы целовались и танцевали.

Когда песня закончилась, он поклонился, поцеловал меня и исчез.

Я смахнула слезу.

****

Чувствуя себя еще более одинокой, чем в день его смерти, я обхватила себя руками и двинулась к дому.

Вернувшись в дом, я обратила внимание на предмет, который, казалось, двигался и гудел. Что-то еще, он вращался против часовой стрелки.

Наверху послышался крик, затем грохот. Через отверстие провалилось тело, соединилось со своей теневой энергией, а затем упало на поверхность объекта. Плоть мужчины шипела и плевалась, пока не осталась лишь Х-образная форма, в которую превратились его руки и ноги.

У меня заурчало в животе, пока я пробирался наверх.

****

Пустые лица говорили сами за себя.

Я подошла к Джасперу и спросила, что это был за человек. Он объяснил, что это был оператор из местной газеты. Он пытался сделать лучший снимок, но слишком сильно наклонился.

«Всем выйти!» потребовал Маршалл. На этот раз он не принял отказа.

Мы с Джаспером снова были предоставлены сами себе, во всяком случае, то, что от него осталось.

***

Офицер Маршалл и еще два офицера стояли у входа в мой дом.

Прибыли еще два офицера и расположились сзади.

Они оцепили территорию лентой. Заставили любопытных соседей перейти на другую сторону улицы.

Мы с Джаспером отдернули шторы и выглянули наружу как раз в тот момент, когда процессия черных машин с визгом остановилась. Двери открылись одновременно, как в сцене из фильма «Люди в черном». Черные костюмы. Очки.

«О, Боже», - сказал офицер Маршалл. «Думаю, эксперт, с которым мы связались, возможно, привлек власти».

«О боже, да он и не собирался», - сказал я.

«Ого!» - воскликнул Джаспер, когда увидел единственную женщину в свите.

Она была одета в красный костюм-двойку с приталенным жакетом и юбкой выше колена. Под жакетом была белая блузка с открытым воротником и ожерелье с бриллиантовым сердцем. Завершали образ красные туфли на семисантиметровых каблуках и сумочка в тон.

Мужчины замерли, когда женщина поднялась по лестнице.

Она явно была вожаком стаи.

Мы с Джаспером и Маршаллом и двумя другими офицерами направились к входу. Мы образовали полуподкову.

Женщина показала свое удостоверение. Она была из Национальной безопасности, и с ней был еще один агент. Было двое из ФБР, двое из ЦРУ, двое из Департамента по защите иностранцев. Двое из Секретной службы.

«Где он?» - потребовала женщина. Ее звали Шарлотта Кэссиди. Она сняла темные солнцезащитные очки, и ее вороные волосы сразу же контрастировали с голубыми глазами. В руке она держала предмет, который тикал. «Он не такой большой, как я его себе представляла». Она подошла к отверстию с протянутым устройством, и оно затихло.

«Детектор радиации?» прошептал Джаспер.

Я пожал плечами.

Человек из ЦРУ, Фрэнк Дюн, продолжал надевать и снимать солнцезащитные очки, несмотря на то что находился внутри. Это очень раздражало. Его напарник Джейк Флэтс толкнул его локтем и сказал, чтобы он прекратил. «Мэм, что вы знаете об этом предмете?»

«Он упал с моей крыши. Он невероятно горячий. Он гудит, иногда жужжит. Они пытались использовать вилочный погрузчик, чтобы вытащить его отсюда, но он сломался».

Я придвинулся ближе, объясняя про X-образную форму, оставленную мертвым парнем.

«Она исчезла», - сказал Джаспер.

«Что исчезло?» спросила Шарлотта.

Офицер Маршалл добавил. «На него упал и расплавился фотограф. Там был отпечаток его тела в форме буквы X, но его больше не видно».

«Может, его там и не было?» - спросила она.

«Он там точно был, - сказал я, - у нас полно свидетелей».

«Господи!» - сказал один из парней из Департамента по защите инопланетян (T.D.F.T.P.O.A.). Его звали Алекс Грин, и ему не терпелось спуститься и посмотреть на это.

Шарлотта взяла инициативу в свои руки, предложив группе разделиться. Она указала, кто должен остаться наверху, а кто спуститься с ней. Меня включили в последнюю группу.

Алекс Грин и его напарник Джесси Филч были явно недовольны тем, что их исключили, но Шарлотта решила, что лучше ей и ее команде первыми добраться до опасности, прежде чем отпускать остальных.

***

Когда я добралась до нижней ступеньки, то шла медленно, чтобы по дороге подумать, - иногда старость имеет свои преимущества, - я задумалась, стоит ли рассказывать им о танце с мужем. Я поняла, что стоит, хотя это их не касается.

Я сразу заметила изменения в предмете. В двух прорезях, похожих на глаза, находились два настоящих глаза. Правда, цвет был не человеческий: на заднем плане виднелись зеленые вкрапления, а вместо зрачка было что-то огненно-красное. Я задохнулся и пошел дальше.

Придя в себя, я ожидал, что гости будут поражены или хотя бы заинтересуются тенями, исходящими от людей наверху. Как ни странно, они, похоже, ничего не заметили.

Шарлотта была занята тем, что размахивала своим больше не тикающим тикером. Она подошла ко мне ближе. «Что именно тебя беспокоит в этой штуке? По-моему, она совершенно безобидна».

От слов, о которых я бы пожалел, меня спас П. Г. Уиллоу («Пингвин» для краткости) □ представитель службы национальной безопасности. «Проявите немного деликатности, ладно? В дом этой женщины вторглись и разнесли его в пух и прах». Он сделал паузу: «А вы не подумали, что она может вылупиться?»

«Оно даже не в форме яйца», - ответила Шарлотта, насмехаясь.

«Яйцо, как мы его знаем», - ответил Пингвин.

Шарлотта закатила глаза.

«Меня беспокоит не столько эта штука, сколько то, что вы все топчетесь в моем доме, - сказал я, стараясь не показаться слишком раздраженным. Зачем вы вообще здесь? Почему здесь не ребята из Департамента по защите инопланетян, а не ФБР, ЦРУ и Национальная безопасность?»

«Здесь очень жарко», - предложил Шарлотте встречный человек из Министерства национальной безопасности. Его звали Брэд Хитт, и он умел констатировать чертовски очевидные вещи, как и мой сосед.

Я бродил вокруг, стараясь привлечь внимание к теням. Входил и выходил из них. Ничего.

Неужели только я мог их видеть?

«Что это за провалы в поверхности?» спросил Хитт.

Я придвинулся к нему и спросил, какие именно. Мне было интересно, что он видит и чего не видит. Он сказал, что это сотни или тысячи пустых щелей. Затем он протянул руку и дотронулся бы до штуки, если бы я вовремя не остановил его.

«Ты пытаешься покончить с собой?»

Шарлотта вклинилась: «Думаю, мы увидели достаточно. Эту штуку нужно остудить. Вызовите пожарных. Когда они остудят ее, мы сможем выкатить ее отсюда. Легко и просто».

Я рассказал ей, что случилось, когда пожарные попробовали это сделать.

Шарлотта заговорила прямо в телефон: «Предмет, о котором идет речь, нагревается, когда на него льют воду. Повторяю, он нагревается, а не остывает, когда на него льют прохладную воду». Она пересекла комнату. Мы все последовали за ней.

«Подождите минутку», - сказал Хитт. Мы все ждали. «Неважно», - сказал он.

Шарлотта и ее свита ушли, дав нам конкретные инструкции:

#1. Никому новому в дом не входить.

#2. Не размещать ничего в социальных сетях или где-либо еще без ее разрешения.

Затем они ушли, за исключением двоих.

***

Остались Алекс Грин и его напарник, Джесси Филч. Двое парней из Департамента по защите инопланетян.

«Мам, можно тебя на пару слов?»

Мы откланялись и пошли в мой кабинет.

«Мам, я думаю, что эти два парня - идиоты».

«Джаспер, ну и дела».

«Я думаю, нам нужно позвать кого-нибудь, эксперта. Как Сэм и Дин из «Сверхъестественного». Они бы знали, что делать».

Я покачал головой. «Джаспер, они же вымышленные персонажи».

«Я знаю, мам, но должны же быть такие парни в реальной жизни».

«Почему бы тебе не порыться в сети и не посмотреть, что ты сможешь придумать?»

Я оставила Джаспера в своем кабинете и пошла искать Алекса и Джесси. На них было какое-то странное защитное снаряжение, включая униформу и маски, а с оружием, которое они несли, они были похожи на Охотников за привидениями.

Я рассчитывал идти впереди, но вместо этого последовал за ребятами. Они тащили столько лишних вещей, трубок и приспособлений. Один из парней тикал.

Мальчики работали вместе, как будто по странному осмосу. Один знал, о чем думает другой, еще до общения. Они приблизились к объекту и, надев защитные перчатки, положили на него руки. Поначалу их костюмы справлялись со своей задачей. Они обменялись взглядами и показали друг другу большой палец вверх.

Я подошел чуть ближе, почувствовав странный запах. Что-то горело. Сначала загорелась перчатка Джесси, затем Алекса. Они подбежали к раковине и другой рукой сорвали с себя распавшиеся перчатки. Руки были обожжены, но не так сильно, как могло бы быть.

«Вау!» сказал Джесси, сняв маску. «Этот сукин сын горячее, чем ад».

От этой вспышки правды я рассмеялась, когда Алекс снял маску. «Вы заметили, что произошло?

Двое мужчин посмотрели друг на друга, а затем на меня. Я не понимала, что они имеют в виду, поэтому промолчала.

«Да, - сказала Джесси. «Глаза».

Я удивилась, что они их видят, и сказала об этом.

«Погодите-ка», - сказал Алекс. «Ты хочешь сказать, что можешь видеть их без всяких приспособлений для зрения?»

Я кивнул.

«А что еще ты можешь видеть?» спросила Джесси.

Я заколебался и сказал, что сейчас вернусь. Они снова надели капюшоны, и я поднялся наверх, чтобы продемонстрировать энергию тени. Я ждал, ожидая услышать что-нибудь от них, например крик восторга, но ничего не услышал».

«О, ты вернулся», - сказали они.

«Ничего не заметили?»

«Могу я воспользоваться вашей ванной?» сказал Алекс и поднялся наверх.

Джесси надел капюшон, и когда Алекс вернулся, они обменялись взглядами.

«Значит, вы можете видеть тени?»

«Мы просунули в них руки», - признался Джесси. «И мы также смогли прочитать ее».

Я придвинулся ближе. «Ну, не держите меня в напряжении».

«Это свечение ионизированного воздуха, атомы Ридберга, отсюда и зеленый оттенок», - сказал Алекс. «Это трудно объяснить, так как обычно это происходит только в космосе или в таких местах, как Аврора Бореалис. Это крайне редкое явление, я имею в виду, что в чьем-то подвале такое не встретишь».

У меня открылся рот. Я закрыл его.

«На основе алюминия», - объяснила Джесси. «Не токсичен и не опасен. Мы думаем, что объект попал сюда случайно, из далекого-далека. Учитывая его размеры и форму, не говоря уже о весе, отправить его обратно будет непросто. Более того, у нас, скорее всего, нет для этого технологий».

«Мне нужно выпить», - сказал я.

Пока я поднимался наверх, Джесси спросила: «А что со стеной?»

«Предположим, она сможет ее увидеть», - сказал Алекс.

Притворившись, что я их не слышал, я продолжил. Затем я опрокинул в себя рюмку виски.

«Мама?»

«Я на кухне, милый».

«Я нашла двух парней, похожих на Сэма и Дина. Они сейчас едут сюда, примерно в сорока пяти минутах езды, используя свой GPS. Надеюсь, ты не против, но я предложил им счет. До ста долларов, чтобы покрыть их расходы».

Я улыбнулся. «Отлично».

«У них есть веб-сайт, много отзывов и опыт в области сверхъестественного, оккультного и инопланетного».

«Хорошо, Джаспер. Дай мне знать, когда они прибудут. А я пока займу двух гостей внизу».

«Ты в порядке, мама? Ты выглядишь немного уставшей?»

«Я устала, но в то же время очень рада этому».

«Я тоже!»

***

Я вернулась в подвал, убедившись, что вижу его.

«Ты прошла через него? На другую сторону?» спросила Джесси.

«Я подошел и прислонился к стене вот так». Я продемонстрировал и снова прошел прямо через нее. Мальчики уже были в костюмах, и они последовали за мной.

«Какой там воздух?» спросила Джесси.

«Он свежий и прекрасный».

Они сняли маски.

«Когда вы впервые заметили пустоту?» спросил Алекс.

«На самом деле нет, я просто случайно на нее наткнулась».

«Это выглядит очень странно на фоне всего этого зеленого неба», - сказал Алекс. Он потрогал траву и сказал, что она кажется искусственной.

Они пошли в противоположном направлении от того места, где я уже был. Я следовал за ними вплотную. Мы шли довольно долго, внимательно вслушиваясь в тишину. «Почему вы, мальчики, назвали это пустотой?»

«Он просто пошутил», - сказала Джесси. «Пустота - это то, как они называют нечто подобное в игровом мире или виртуальной реальности. Мы пока не знаем точно, что это такое, но нам кажется, что этот мир и есть тот самый мир, из которого появился ваш объект».

«На самом деле», - добавил Алекс. «Эта штука могла бы замаскироваться здесь, как хамелеон».

Я услышал громкий свист. Интересно отметить, что в этом другом месте я мог слышать звуки изнутри своего дома. Алекс и Джесси никак не отреагировали на звук, когда я вернулась к входу и сразу же вошла внутрь. Мальчики шли за мной по пятам, но не прошли. Я протянула руку в пустоту (чтобы подобрать более подходящее слово), а затем вытащила ее обратно. Она была заполнена желеобразной зеленой субстанцией. Я снова полезла туда обеими руками, отчаянно пытаясь найти Джесси и Алекса. Я выкрикивал их имена сквозь стену и даже пытался протиснуться обратно, но безуспешно.

Джаспер громко прошептал.

«Приведи их сюда, Джаспер, я думаю, нам нужна их помощь... СЕЙЧАС».

***

Наши Сэм и Дин были двумя молодыми парнями, едва ли старше Джаспера. Они спускались по лестнице, нагруженные снаряжением. У самого высокого из них были светлые волосы, и его звали Берт (сокращение от Альберт), а второго юношу, у которого была армейская стрижка, звали Лео (сокращение от Галилей).

После того как мы обменялись парой любезностей, я рассказал о пропавших агентах и пустоте.

Лео говорил в микрофон, который был у него на телефоне. Он описал объект, указав его размеры и габариты. Он попросил меня объяснить, как работает пустота.

Берт подошел к зеленому объекту, чтобы рассмотреть его поближе. Он протянул руку и потрогал объект, прежде чем я успел его остановить. «Он совершенно классный», - сказал он. «Я имею в виду температуру. Учитывая описание Джаспера, я бы сказал, что в нем произошло короткое замыкание».

Я потрогал его сам; на ощупь он был исключительно гладким и прохладным. Я поискал пару глаз, но безуспешно. Я подумал о тенях и попросил Джаспера сбегать на лестницу, чтобы я мог проверить. Ничего. Берт и Лео пристально наблюдали за мной.

«Я думаю, кто бы ни владел этой штукой, у него должен быть притягивающий луч».

«Мы должны сказать, что на ней был тяговый луч», - сказал Берт. «Потому что он, похоже, вышел из строя».

«Теперь я могу спуститься?» спросил Джаспер.

Я извинился за то, что забыл о нем.

«Парни на той стороне, как их зовут?» спросил Лео.

Мы позвали их. Ничего.

«Итак, тяговый луч, - сказал я, - перестал работать, как нам его починить? И если мы его починим, смогут ли они притянуть его обратно?»

«Если бы мы могли заставить пустоту открыться, то протолкнули бы объект», - сказал Лео.

«И вернуть ребят, - добавил Джаспер.

У меня все равно будет огромная дыра в крыше, но тогда я хотя бы смогу ее починить».

Мы все вчетвером встали по одну сторону от объекта. На счет «три», - сказал Берт, и мы толкнули его изо всех сил.

«Это была умная идея», - сказал Берт, когда мы не смогли сдвинуть его ни на йоту. Он на мгновение замешкался, а потом спросил: «Когда вы оказались на другой стороне, вы почувствовали какую-нибудь опасность?»

Я задумался. Не почувствовал и сказал об этом. «Одну», - признался я. «Джаспер, для тебя это будет шоком. Я надеялась рассказать тебе наедине».

Я рассказала о танцах с мужем. Волнуясь, я спросила Джаспера, как он к этому относится. Он сказал, что жалеет, что не был со мной.

«Он спрашивал обо мне?»

Я хотела бы, чтобы он спросил, но он не спросил. Все произошло так быстро.

«Позвольте мне прояснить одну вещь», - перебил Алекс. «Это был не ваш муж. Это было проявление вашего мужа. Сверхъестественные существа могут читать мысли, некоторые могут вызывать духов и даже копировать живых».

«Но он чувствовал себя настоящим, даже пах настоящим».

«Именно так они и хотят, чтобы вы думали», - сказал Лео.

Снаружи послышался визг автомобильных шин.

«Они вернулись», - сказал я, когда мы направились к входной двери.

«Черт побери», - сказали Лео и Берт. «У нас есть право быть здесь. Мы никуда не уйдем».

Я открыл дверь.

Мы стояли на месте с сильным чувством цели и решимостью, что нас не сдвинуть с места.

***

На этот раз во главе стаи была не Шарлотта. Вместо нее был президент.

Он был выше всех, одет в толстую шинель, которую подчеркивала пара кожаных перчаток. Его телохранители держались поблизости, говорили в микрофоны и заметно накаляли обстановку.

«Господин президент», - сказал я, сделав реверанс. Он протянул руку без перчаток. Я представила ему Джаспера, затем Берта и Лео. «Добро пожаловать в мой дом, господин президент».

Он склонил голову, вошел внутрь и спросил: «Итак, где они прошли?»

Откуда он узнал? Неужели они прослушивали мой дом? Я был раздражен и сказал об этом.

Шарлотта вышла вперед с телефоном и нажала на кнопку «плей». На ее телефоне было сообщение от Джесси и Алекса.

«Вот это да!» воскликнул Берт.

«Почему мы об этом не подумали?» спросил Лео.

«Вы бы не додумались, правда?» сказала Шарлотта с неподобающим высокомерием, которое, судя по поднятым бровям президента, ему не понравилось.

«Следуйте за мной», - сказал я и повел их в подвал.

«Подождите минутку», - сказал президент. «Почему эта штука больше не выделяет тепла?» Он повернулся к Шарлотте. «Я думал, вы сказали, что она раскалена докрасна».

Шарлотта поняла, что президент прав, и попросила уточнить ситуацию.

«Похоже, это произошло, когда ребята ушли в пустоту», - предложил я.

«Позвоните им еще раз», - приказал президент, Шарлотта попробовала, но они не ответили.

Берт сказал президенту: «Мы как раз рассматривали возможность выкатить эту штуку отсюда, раз уж она остыла. Если мы сможем открыть пустоту, впустить ребят и выпустить ее, это можно будет рассматривать как обмен доброй волей».

«Кому?» - спросил президент.

«Тому, кто послал его сюда», - ответил Лео.

«Пожалуйста, расскажите мне больше», - сказал президент, и вскоре Шарлотта и ее окружение тоже собрались вокруг и стали слушать.

«Мы думаем, - сказал Лео, - что, кому бы ни принадлежала эта штука, на ней должен был быть установлен тяговый луч. Мы думаем, что притягивающий луч вышел из строя, но в любом случае нам нужно вытащить этих двух парней, пока он снова не включился».

Президент пожал руку Лео и Берту. Он повернулся к Шарлотте. «Наймите этих двоих».

Мальчики были польщены, но отказались от его предложения, а затем рассказали о своем прошлом опыте общения со сверхъестественным, оккультным и инопланетным. Они рассказали президенту о своих пяти миллионах просмотров на YouTube и миллионах подписчиков в социальных сетях.

«Ну что ж, это очень впечатляет», - сказал президент. Его рука скользнула в карман, и он достал две визитные карточки и протянул их мальчикам. Они, в свою очередь, дали ему свои визитки.

«А теперь перейдем к делу», - сказал президент. «Как вернуть наших ребят, и как можно скорее».

Я прислонился к стене, как делал это раньше, и надеялся пройти сквозь нее, но на этот раз ничего не вышло.

***

Нам удалось слегка сдвинуть зеленый объект, чтобы он оказался на месте, если пустота откроется.

«Теперь нам остается только ждать», - сказал президент. Затем он подозвал к себе Шарлотту, поблагодарил нас за то, что мы были выдающимися гражданами, а затем предложил отбыть.

«Могу я попросить об одолжении?» сказал Берт.

«Конечно», - ответил президент.

«Мы можем сделать селфи для нашего сайта?»

Президент сказал: «Без проблем», и они сделали несколько.

Мы поднялись наверх и стали ждать знака. Любой знак.

***

День превратился в ночь.

Снаружи ветер свистел и стучал по черепице, словно наперегонки с самим собой. Я закрыл глаза, задрожал, посмотрел вверх через щель в потолке и заметил луч света в звездной ночи.

Я задохнулся, и вскоре все стояли рядом со мной и смотрели вверх.

«Вау!» воскликнул Лео. «Я думаю, это тяговый луч».

«Поговорим о луче Скотти!» сказал Берт.

Тяговый луч спустился вниз, пробрался через отверстие и спустился в подвал, где зацепился за зеленый предмет. Тяговый луч тоже был зеленым, но он мерцал и дрожал, когда протягивал руку и захватывал предмет.

Захватив его, он остановился, а затем включил двигатели. Звук был оглушительным, и мы все заткнули уши, когда оно сначала подняло объект от стены, а затем медленно, но неуклонно устремилось в небо.

Мы не могли оторвать от него глаз. Мы могли быть в опасности, но все равно не могли отвести взгляд. Он поднимался все выше и выше, в ночное небо. Мы вышли на улицу, чтобы посмотреть, что находится на другом конце, но со всех сторон ничего не было видно, кроме луча зеленой линии, которая уносила объект.

Когда он полностью исчез, поднявшись так высоко, что его не было видно невооруженным глазом, мы остались стоять вместе и молчать, пока я не сказал: «Хорошо, объект исчез, но что мы будем делать с Алексом и Джесси? Они все еще в ловушке в пустоте».

«Похоже, нам нужен план Б», - сказал Лео.

«Мы оставим это вам», - сказала Шарлотта, нажимая кнопку быстрого набора на своем телефоне и вводя президента в курс дела, а затем объявляя его закрытым. «Здесь нет никаких проблем с безопасностью и никаких инопланетян». Она и ее свита собрали вещи и направились к своим машинам.

«Минутку!» крикнул я. «Неужели ты даже не заботишься о своих людях?»

«Сопутствующий ущерб», - сказала Шарлотта, захлопывая дверцу своей машины. Они уехали.

«Думаю, все зависит от нас», - сказал я.

Берт и Лео посмотрели друг на друга.

Берт сказал: «Простите, но мы не знаем, что делать и как их вернуть. Мы тоже пойдем, немного поспим. Мы позвоним вам утром, если что-нибудь придумаем».

Нам с Джаспером было не до веселья. Теперь, когда объект исчез, все уходили. Бросали нас.

Джаспер отправился в свою комнату, а я влезла в пижаму, постоянно думая о пропавших людях. Я пыталась отвлечься, читая таинственный роман, но тайна прямо под моей собственной крышей требовала моего внимания. После двух часов бодрствования и ворочания я встала, чтобы приготовить себе чашку чая.

Я бы надела домашний халат, если бы знала, что придут гости.

***

Потягивая чай и размышляя, как разрешить дилемму, я смотрел на звезды, а по щеке текла слеза. Два человека потерялись где-то в пустоте, без семьи, без друзей, без страны. Они были храбрыми гражданами. Они заслуживали лучшего.

Я взял шоколадное печенье и уже собирался откусить кусочек, когда заметил мерцающую зеленую звезду. Зеленая звезда? Я протер глаза, но она все еще была там, подмигивая мне. Я вышел на улицу, чтобы полностью рассмотреть ночное небо.

Это была не звезда.

Она двигалась, быстро падая в мою сторону, становясь все больше и больше.

«О нет!» воскликнула я, ни к кому не обращаясь. Затем я позвала Джаспера, и он прибежал. Я указал вверх, обдумывая, как быстро уйти с его пути.

Когда расстояние между ними и нами сократилось, мы не смогли сдержать своего волнения и запрыгали от радости, так как машина остановилась, и тут появились они.

Два черных зонтика раскрылись, Алекс и Джесси схватились за один из них, и начался их спуск к нам. Одетые в костюмы из светоотражающего материала Алекс и Джесси плавно опустились к нам.

Плавно приземлившись, пара потянулась внутрь костюмов и достала две зеленые бутылки. Откинув крышку, они выпили содержимое. Они вылезли из скафандров, обнаружив на себе одежду, в которой улетали. Они засунули бутылки обратно и прикрепили их к зонтам.

Тяговый луч зацепился за зонтики и скафандры. Мы махали руками, наблюдая, как объекты уносятся в небо, и смотрели, пока не перестали их видеть.

«С возвращением!» воскликнули мы с Джаспером.

«Я могу убить чашку чая!» сказала Алекс.

«А я бы предпочла рюмку виски», - сказала Джесси.

«Кто это был?» спросил я. «Или лучше сказать, КЕМ они были?»

«Все в подходящее время», - в унисон сказали два наших вернувшихся героя. «Но сначала мы должны отведать печенья и напитков».

Пока я накрывал на стол, они привыкали к своему возвращению. Мы сидели вместе за обеденным столом, потягивая. И ждали. Им нечего было сказать. Никаких вопросов к нам, хотя массивный зеленый предмет больше не находился в моем доме.

Мое терпение начало иссякать, и я попросил их рассказать, что произошло.

«Это был короткий отпуск», - сказал Алекс.

«Да, оплачиваемый отпуск», - сказала Джесси.

Я встала. «Что вы имеете в виду? Где вы были? У кого вы были? Вы были в тюрьме? Какими они были? Как ты убедил их отправить тебя обратно?» Я снова сел.

Джаспер продолжил: «А что это была за зеленая штука? Почему она оказалась здесь? Кому-то надрали задницу за то, что он ее уронил?»

Мужчины смотрели друг на друга с пустыми лицами. Они понятия не имели, о чем мы говорим. Говорят о невежестве.

«Мам, я думаю, пришельцы стерли им разум».

«Согласна. Поговорим о чистом листе».

Больше мы ничего не могли сказать или сделать, кроме как лечь спать. Джесси улеглась на диван, Алекс - на кресло La-Z-Boy.

Алекс вскочил. «О, пока я не забыл».

Джесси тоже вскочила. «Да, у нас есть кое-что для тебя».

Мы с Джаспером посмотрели друг на друга, как будто их подтолкнули или шокировали.

Джесси достал из кармана зеленый мерцающий футляр. Когда я взял его в руку, он зазвенел и стал очень прохладным. Я открыла его и ахнула. Внутри лежала медаль Святого

Христофора моего мужа. Та самая, которую я подарила ему на первую годовщину свадьбы.

Алекс передал такой же предмет Джасперу. Внутри были часы его отца. Джаспер сразу же надел их на запястье. «Он что-нибудь говорил обо мне?»

Алекс ответил: «Он видит вас каждый день, вас обоих. Правильно говорят, что те, кого мы любим, никогда не находятся далеко от нас».

И Алекс, и Джесси вскочили, на этот раз в унисон. «Мы должны идти».

«Что теперь?» спросил я. «Вы в порядке?»

«Да», - сказали они вместе. «Мы должны кое-что передать президенту. Сейчас же».

На улице остановилась машина, и они уехали.

***

«Мы должны сами доставить ему это», - потребовали Джесси и Алекс.

Была глубокая ночь, но президент согласился встретиться с ними.

Когда они вошли в Овальный кабинет, президент сидел на своем месте и надевал шелковый халат.

«Что у вас двоих для меня?» - спросил президент.

Джесси и Алекс вместе представили ему предмет. Это была необыкновенно большая зеленая пуговица. На ней было написано: «Нажми на меня. ПРОСТО СДЕЛАЙ ЭТО».

«Что произойдет?» - спросил президент.

«Мы не знаем».

«Мне нужно спросить кого-нибудь, одного из моих советников. Я не могу просто...»

«Но вы же президент», - сказала Джесси.

«Да, вы можете сделать все, что угодно, не так ли?»

Президент положил зеленую кнопку на свой стол рядом с красной. Вместе они выглядели вполне по-рождественски.

Джесси и Алекс сказали: «Снаружи. Снаружи. Снаружи.»

«Хорошо, мальчики, хорошо», - сказал президент. «Пойдемте».

Оказавшись на улице, президент не мог дождаться, когда же он нажмет на кнопку, и он это сделал.

Небо из голубого превратилось в зеленое, а тяговый луч пронесся по стране от побережья до побережья, выхватывая каждую единицу AR-15.

ЭПИЛОГ

Далеко-далеко, на планете с зеленым небом и зеленой землей, где от деревьев остались лишь стволы, инопланетяне переработали собранные ими земные материалы.

AR-15 были превращены в ветки.

На ветвях висели бутылки, которые свистели на ветру.

Зонтики защищали от дождя и солнца.

Когда инопланетянам требовалось больше AR-15, они зажигали кнопку, и президенты всегда нажимали ее.

ДАРРИЛ И Я

В тот же день, когда я узнала, что беременна, умер мой муж.

Я нахожусь в зоне боевых действий. Я не одна. Мой ребенок со мной, внутри меня.

Я скрещиваю руки над ребенком, защищая его, и иду по улице, пока вокруг нас рвутся бомбы. Я пытаюсь найти укрытие для нас, но бомбы все ближе и ближе.

Я потеряна, но не боюсь. Мой ребенок бьет меня по руке, чтобы успокоить. Мы с ним сближаемся, пока весь мир разлетается на части.

Я останавливаюсь и смотрю на себя в зеркало в центре улицы. На мне ярко-красное платье с красными туфлями и черными чулками. Я распушиваю пальцами волосы, лезу в сумочку за помадой. Делаю отпечаток поцелуя на стекле, затем откидываю голову назад и делаю селфи. Я выкладываю его в

Instagram. Или пытаюсь. Не уверена, что у меня достаточно баров.

Я слышу крик сирены. Она едет в мою сторону. Она направляется к зеркалу. Я протягиваю руку, чтобы схватить его, но рука хватает мою. Я кричу. Сирена кричит.

«Заходите внутрь. Вы с ума сошли? Залезай!» - говорит водитель скорой помощи на языке, которого я не знаю и не понимаю. К счастью, есть субтитры.

Я колеблюсь, прежде чем забраться внутрь. Мне нужно найти Дэррила. Дэррил где-то здесь, а нашему ребенку нужен отец. Дэррил ищет меня, а мы ищем его. Наш ребенок - магнит. Радар. GPS.

Я откидываю голову назад и громко и отчетливо кричу его имя: «Дэррил!». Я слушаю, а потом снова кричу. Я зову его по имени и слушаю. Водитель скорой говорит, что я сошел с ума, и включает задний ход.

Машина скорой помощи ударяется о зеркало и взрывается. Осколки разлетаются повсюду.

На осколках стекла очень много крови.

Я просыпаюсь и кричу.

***

После смерти Дэррила мне каждую ночь снился один и тот же сон. Я все время вспоминала, как это произошло, хотя меня там не было. Это была рутинная операция в составе миротворческих сил ООН.

Это механизм преодоления, мечтать об этом, жить этим. Пытаюсь найти человека, которого люблю, когда мы его хороним. Похороны были прекрасными. Я так гордилась Дэррилом. Он отдал свою жизнь за дело, и я это понимаю. Я восхищаюсь его преданностью, потому что это сделало его лучше.

На гроб положили флаг. Я бросил две горсти грязи в землю, а затем упал на колени и зарыдал. Моя мать и другие люди, включая моих друзей, пытались помочь, но я отталкивала их криками. Я хотела остаться наедине с Дэррилом. Я хотела рассказать ему о ребенке.

Нашем ребенке.

Я не собиралась уходить, пока у меня не будет возможности попрощаться. Я легла рядом с открытой могилой на живот, положив голову на руки. Я сказала ему, как сильно я его люблю, и попрощалась с ним, после чего поцеловала его и поднялась на ноги.

Мама была рядом со мной, как и Мони. Каждая из них взяла меня за руки и снова притянула к себе. Мы направились к машине.

По дороге домой я чувствовала присутствие Дэррила. Его руки обхватили меня. Волосы поднялись на моих предплечьях, я чувствовала его запах. Я чувствовала его.

А потом его не стало.

Дома меня ждала коробка продолговатой формы с бантом посередине. Я хотела спросить, что она там делает, но печаль, царившая в комнате, оттолкнула меня. Я порхала от человека к человеку, принимая их «мне очень жаль» и «со временем все наладится». Обычное послепохоронное дерьмо.

После того как они ушли, я почувствовала пустоту.

Мама уложила меня в кровать, как обычно делала, когда я была маленькой девочкой.

Когда она закрыла за собой дверь, я подняла сжатые кулаки к небесам за то, что они забрали Дэррила.

Затем я упала на колени в знак благодарности за нашего ребенка, растущего внутри меня.

****

Я просыпаюсь, глядя на пустое пространство рядом с собой, и вытираю слюну с уголков рта. Раздается звонок в дверь. Я откидываю одеяло и спускаюсь на пол. Не успеваю я выйти из нашей комнаты, как на меня с распростертыми руками летит моя мама.

Мне нужно попросить ее вернуть ключ.

«Я так волновалась», - говорит она, обнимая меня, прижимая к себе и заставляя снова почувствовать себя маленькой девочкой. Она отходит назад и смотрит мне в лицо.

Я убираю волосы за левое ухо и пытаюсь улыбнуться. Я направляю себя в сторону кухни и, дойдя до нее, наполняю водой кофейник. Я открываю посудомоечную машину, чтобы занять себя, пока кофеварка плещется позади меня. Мама закрывает дверцу посудомоечной машины, нажимает нужные кнопки и усаживает меня на стул, где мне ничего не остается, как сесть.

Она сидит на месте Дэррила, а я ни на чьем месте. Поняв это, она пересаживается на другое ничейное кресло. Она вскакивает раньше меня и наливает кофе. Я добавляю сливки и сахар в свой и делаю глоток. Одного глотка достаточно. Я бегу в ванную. Я забыла, что кофе вызывает утреннюю тошноту у нескольких моих подруг.

Когда я возвращаюсь на кухню, мама уже заварила чашку ромашкового чая без кофеина. Он должен успокоить меня.

Я сижу, потягиваю горький горячий напиток и наблюдаю, как мама передвигается по кухне, словно человек на задании. «Я готовлю тебе тосты», - говорит она, когда они появляются почти сразу. Мама с помощью ножа счищает корочки - еще одно воспоминание о том времени, когда я была маленькой девочкой. Затем она намазывает масло и поворачивается, чтобы посмотреть на меня.

Мама добавляет немного клубничного джема и лезет в холодильник. Она достает блок сыра, который нарезает на мои тосты. Она кладет его обратно на тостер (стороной с джемом и сыром вверх) и нажимает на кнопку, чтобы тосты нагрелись на несколько секунд.

Это еще один ритуал из моего детства, и я благодарен, что она здесь.

Мама разрезает тост на треугольники, и я не могу поверить, насколько прекрасен его вкус, когда я откусываю. Я съедаю оба ломтика, а потом пью еще чай - он уже не такой горький на вкус после того, как она добавила в него несколько капель меда. Она думает, что я не заметила. Я беру мамину руку и еще раз говорю ей спасибо.

Малыш больше не голоден.

Мать ребенка больше не чувствует себя неловко.

Бабушка ребенка больше не чувствует себя бесполезной.

Мама убирается, болтая о том и о сем. Я слушаю, не ценя ее попыток отвлечься. Я позволяю ей думать, что это работает, ее тактика отвлечения. Честно говоря, я не успеваю за ходом ее мыслей и темпом. Такое ощущение, что я слушаю ее из-под воды.

Она смеется. Я подпрыгиваю. Я вернулся туда, где побывал мой разум. Я куда-то улетел в мгновение ока. Я почувствовала, как ухожу.

Я была маленькой девочкой, пряталась под лестницей. Потом я поднялась по лестнице и зашла в чулан, где было очень темно. Рукава отцовской рубашки шевелились. Я выбежала, выдав свое место укрытия. Меня поймали.

«Я помню то время», - говорит мама, возвращая меня в настоящее. Как будто она рассказывает эту историю в первый раз. «Ты прятала корочки, когда была маленькой девочкой. До того как я начала крошить их ножом, мы находили их в карманах, в сажалках. А, те, что в сажалках. Они впитывали воду, убивая некоторые растения, прежде чем мы поняли, что ты делаешь».

«Убивая растения», - подражаю я.

Она подходит ко мне, опускается на колени и спрашивает: «С тобой все в порядке, милая?»

Я чуть не смеюсь над ее нелепым вопросом, но останавливаю себя, прежде чем сказать: «НЕТ, БЛЯДЬ, НЕ ВСЕ В ПОРЯДКЕ». Дэррил. Господи, Дэррил. Я отодвигаю стул, создавая пространство между матерью и мной, и встаю. Я как зомби. Но мне не нужно питаться человеческой плотью. Я хочу Дэррила. Я улыбаюсь, повторяя в голове «надо покормить, надо покормить, надо покормить».

Теперь, когда я стою, мне нужно двигаться. Мои ноги должны идти куда-то, куда угодно, но я делаю все наоборот. Я снова сажусь. Мама делает то же самое. Она потягивает свой кофе, который, вероятно, уже остыл.

Я встаю и говорю: «Я устал», хотя я только что проснулся, я знаю это. И она это знает. Но мне, черт возьми, все равно. Я иду обратно в нашу комнату, в свою комнату, мама идет следом. Когда она догоняет меня, то кладет правую руку мне на бедро, словно ей нужно вести меня. Как будто я могу заблудиться по дороге.

Уже в дверях я поворачиваюсь к ней лицом. У нее на глазах слезы, но они не льются. Она знает, каково это - потерять мужа, ведь она потеряла папу, но это не одно и то же. У них была целая жизнь вместе. Они были друг у друга тридцать семь лет, прежде чем папа умер. Мы были женаты всего два с половиной года. Дэррил никогда не увидит своего сына или дочь. Я хочу сказать это, но не делаю.

Мне кажется, она знает, о чем я думаю, хотя я не уверен в этом. Это такая штука, как осмос между матерью и дочерью. Она целует меня в лоб, укладывая в постель. Она выходит и закрывает за собой дверь.

Я снова встаю с кровати, подхожу к зеркалу и смотрю на себя. За сорок восемь часов я постарел на десять лет. Хотя большую часть времени я спала, мешки под глазами огромные.

Кажется, что я все это время плакала, но на самом деле слезы уже закончились. Мое лицо больше не похоже на меня. Я чужая, даже для самой себя.

Я набираю немного воды и брызгаю на лицо, а затем смачиваю теплой водой салфетку для лица, принадлежащую Дэррилу. Я держу ее над собой, чтобы вдохнуть его.

Я нахожу его банное полотенце, снимаю с себя одежду и оборачиваю его вокруг себя. Оно обволакивает меня и согревает, словно я нахожусь в его объятиях. Я сижу так, кажется, целую вечность. Как будто он держит меня на руках. Слезы не текут. Не осталось слез, чтобы плакать. Дэррил словно обволакивает нас. Держит нас вместе, нас троих: Дэррила, ребенка и меня.

Стук матери в дверь возвращает меня в настоящее. Должно быть, я уснула. Я слишком быстро встаю, когда дверь распахивается. Полотенце Дэррила падает на пол.

Мама и соседка входят в комнату, и я вовремя хватаю полотенце Дэррила, чтобы скрыть свою наготу. Я начинаю хихикать и не могу остановиться.

Мать выглядит обеспокоенной. У соседки глаза выпучиваются прямо из головы. Скоро они позовут мужчин в белых пиджаках, чтобы те пришли и забрали меня, если я не возьму себя в руки.

***

Сегодня день моей свадьбы, и я иду к алтарю под руку с отцом в величественной церкви. Я знаю, что вижу сон, потому что папа никогда не вел меня к алтарю. Он уже умер, когда мы с Дэррилом поженились, и мы с Дэррилом поженились не в церкви. Нашей песней стала песня Элтона Джона «Твоя песня». То есть это была наша с Дэррилом песня. На самом деле нам больше нравится версия Юэна Макгрегора, поскольку мы любим «Мулен Руж».

Мы с папой приветствуем тех, кого видим по дороге. Бабушка Элеонора, которая умерла с тех пор, как я была маленькой девочкой, целует меня. Я беру цветок из своего букета. Дыхание младенца, ее любимый. Я протягиваю его ей.

Она улыбается, и по ее щеке скатывается слеза.

Через проход стоит моя кузина Рут. Мы с ней были очень близки, когда были детьми. Теперь мы редко видимся. Думаю, проходя мимо нее, она думает о том же, о чем и я. Заметка для себя: как-нибудь пригласить ее на ужин.

Есть еще два младших брата Дэррила, Дейл и Донни. У их родителей было что-то вроде отношения к букве Д. Заметка для себя: не продолжать эту традицию.

Я вижу свою вторую бабушку, мамину маму. Она не приехала на нашу свадьбу. Они с мамой держатся за руки, и я на несколько секунд отцепляюсь от папы, чтобы подойти и крепко обнять их обеих. Мои колени немного подгибаются, когда бабушка протягивает руку, берет мою ладонь в свою и что-то роняет в нее. Я инстинктивно закрываю пальцы вокруг этого предмета; хотя я не вижу, что это, я чувствую, что это ключ. Папа берет меня за руку, и мы снова идем к алтарю.

Мои подружки невесты, Триш и Мони (сокращение от Моник), уже рядом со мной. Они выглядят потрясающе в своих старинных белых платьях, но постойте, это же я надела старинное белое.

Папа поворачивает меня, убирает мою руку со своей и переплетает ее с рукой Дэррила. Я поворачиваюсь, чтобы посмотреть на своего будущего мужа, но это не Дэррил. Вернее, когда-то он был Дэррилом, но теперь уже нет. Он мертв. Он - гниющий труп.

Я кричу, глядя, как зеленая слизь вытекает из его губ, когда он пытается улыбнуться. Кричу не только я.

Кричат все.

Все кричит - даже машины.

Я разжимаю руку.

Я проглатываю ключ.

Осколки стекла разлетаются повсюду.

***

Я открываю глаза. Я не дома, а в больнице. Я слышу тиканье, стук сердца. Писк. Шепот. Я снова закрываю глаза. Притворяюсь, что сплю.

«Никаких изменений».

«Не могу сдаться».

«А как же ребенок?»

Ребенок. Эти два слова возвращают меня к реальности, и я пытаюсь сесть, но обнаруживаю, что не могу.

Когда я не могу пошевелить ни руками, ни ногами, я кричу. Я хватаюсь за живот - мой ребенок, наш малыш - и обнаруживаю, что бугорок стал еще больше. Как долго я спала?

«Мама?»

«О, дорогая! Дорогая», - говорит она. «С тобой все будет хорошо», - воркует она, но я ей не верю. Ни единого слова.

«Как долго я здесь нахожусь?» спрашиваю я, и слова отдаются в моей голове, как в эхо-камере.

Вместо ответа она обнимает меня и прижимает к себе. Когда я отстраняюсь, она берет мою голову в руки и заглядывает мне в глаза, словно пытаясь найти меня.

Я стараюсь не моргать, но не могу остановиться. Разве вы не ненавидите, когда это происходит? Как только ты пытаешься чего-то не делать, твое тело предает тебя и заставляет делать это еще сильнее.

Она ничего не говорит. Она думает, что я не могу смириться с правдой. Голос в моей голове - это голос Джека Николсона из «Нескольких хороших мужчин». Дэррил обожал этот фильм. Мы смотрели его столько раз, что я сбился со счета.

«Я хочу знать», - слышу я, но, судя по тому, как она на меня смотрит, я не уверен, сказал ли я это вслух или мысленно. Я повторяю попытку, на этот раз чуть громче, и она реагирует.

«Позвольте мне», - говорит она и уходит, возвращаясь через несколько мгновений с кем-то, кого я не узнаю. Они вдвоем перемещаются по комнате, как будто разворачивают сцену для спектакля в театре. Они шепчутся, потом смотрят на меня и шепчут еще.

Как грубо.

Я жду, словно невидимка, и стараюсь не взорваться.

Незнакомец втыкает мне в руку иглу, и я ухожу, думая, что больничный персонал в уличной одежде должен быть объявлен вне закона.

Мне снова снится, что я иду по улице, ищу Дэррила, а в это время взрываются бомбы.

***

Шишка на мне теперь еще больше. На самом деле, заметно больше. Когда ребенок двигается, я вижу его или ее частички сквозь свою кожу. Конечности, которые оставляют отпечатки, словно выворачивая меня наизнанку, когда наш ребенок толкается о стенки моего живота.

Я больше не в больнице. Я дома, сижу в детской и качаюсь в кресле для кормящих, которое не качается в обычном смысле этого слова. Вместо этого оно скользит.

Спящие овечки с дремотой вокруг голов стоят вдоль стен и ждут, когда их сосчитают. Я начинаю считать, потом улыбаюсь, глядя на кроватку. Время стоит на месте, так и должно быть, потому что здесь, сегодня, сейчас ничего не происходит.

Я поднимаюсь с кресла, наполовину проснувшись, наполовину уснув. Я прикасаюсь к мобильному телефону, и он начинает напевать «Frere Jacques». Я подпеваю, подбирая одеяло с овечкой на нем.

Я складываю одеяло все меньше и меньше, пока оно не превращается в крошечный квадрат. Затем я кладу его обратно в кроватку и мельком смотрю на себя в зеркало в углу.

Часть зеркала видна, а часть - нет, потому что его что-то закрывает. Я подхожу ближе и снимаю пыль, чтобы открыть сокровище, которое хранилось в моей семье десятилетиями. Семейная реликвия, переданная от матери моей матери.

Рамка прохладная на ощупь, когда я провожу по ней пальцами. Она деревянная, и на ней выгравированы пары переплетенных рук. Отпечатки переплетенных пальцев на ощупь еще прохладнее. Я придвигаю свое тело ближе, пока мой бугорок не упирается в стекло. Он не касается его. Он проходит сквозь него. По мере того как я подхожу все ближе и ближе, мой бугорок исчезает в нем.

Я делаю шаг назад, и мой бугорок отсоединяется с сосущим звуком. Мой ребенок пинается и пинается снова, когда я отхожу от зеркала и возвращаюсь в кресло, в котором я начинала. Когда я сажусь, мобиль снова включается, и мы начинаем скользить в такт ему.

Мой малыш успокаивается, и мы засыпаем.

***

«Проснись, Кэт», - говорит Дэррил.

Я поворачиваюсь к нему и прижимаюсь к нему. Ребенок бьется между нами. Мы не можем быть так близко друг к другу, как раньше, но мы стали ближе на многих других уровнях.

Звонит будильник, и я прижимаюсь к подушке Дэррила, а не к нему. Мой ребенок пинается, и я встаю с кровати, чтобы побродить по коридору, полусонная, до ванной комнаты, где я иду в туалет. Я включаю воду, встаю под душ и позволяю воде стекать по мне.

Мой малыш обожает воду, и мы остаемся там, пока горячая вода не закончится и не превратится в холодную.

Проголодавшись, я накидываю домашний халат и спускаюсь вниз, когда мама входит через парадную дверь. Должно быть, она позвонила в звонок, когда я был в душе. Заметка для себя: попросить маму вернуть ключ.

«Я принесла подарки», - говорит она. Она вываливает на стол целую коробку пончиков со льдом; пончики еще теплые и пахнут как в раю. Я запихиваю один в рот, а она - в свой. Мы обнимаем друг друга и съедаем по второму пончику, прежде чем решаем заварить чайник.

Мой малыш выкрикивает слова благодарности, и мама чувствует это сама. «Ой», - говорю я, когда ребенок еще раз заявляет о своем присутствии, делая внутри меня кувырок.

«Ты в порядке?» спрашивает мама.

«Он счастлив», - отвечаю я.

Мама замечает, что я сказала «он». Она не упоминает об этом. Вместо этого она рассказывает мне последние сплетни.

Я слушаю из вежливости, а не потому, что мне интересны местные события. Раньше, то есть до встречи с Дэррилом, я вносила свой вклад, подсаживаясь на поезд сплетен. Иногда я даже была кондуктором без шляпы. А иногда я была загонщиком. Так или иначе, я всегда была в поезде. Я позволяла сплетникам тащить меня за собой.

«Вы не видели детскую?» спрашиваю я ни с того ни с сего, пока она произносит сплетню.

Она смотрит на меня как на незнакомца. «Ты уверена, что с тобой все в порядке?» - спрашивает она, сильно нахмурив лоб в форме горизонтального вопросительного знака.

Я понимаю, что сказал что-то странное, возможно, даже глупое. Я не знаю, что именно. «Я в порядке», - говорю я, пытаясь уверить ее в том, что это так.

Я встаю, надеясь, что она сделает то же самое, но она не делает этого. Вместо этого она достает из коробки еще один пончик и откусывает кусочек.

Мой малыш сильно пинает меня. Как будто он хочет еще один пончик. Я хочу в туалет и говорю об этом. Мама идет за мной по коридору.

«Встретимся в детской», - говорю я.

«Хорошо», - отвечает мама.

Когда я присоединяюсь к ней в детской, мама стоит перед зеркалом. Я присоединяюсь к ней, становлюсь рядом и подхожу все ближе и ближе к стеклу. Я проверяю, пройдет ли ребенок через него, как это было вчера, но его нет. Никакой пульсации. Никакой связи. Может, мне приснилось?

Когда я отворачиваюсь, мобильник сам по себе начинает играть «Фрер Жак».

«Я перемотала, Кэт, - говорит она, - мы прекрасно справились с оформлением, правда? Я так рада».

Я не помню, как украшала дом, и не хочу этого признавать. Как я могла забыть о таком?

«Ваша пра-пра-прабабушка была бы очень довольна. Я счастлива, что зеркало теперь принадлежит тебе».

Мир начинает вращаться и меркнуть. Я подаюсь вперед и чуть не опрокидываюсь. Мама ловит меня и усаживает в кресло, где я скольжу взад-вперед и обратно.

«Разве зеркало не принадлежит тебе по праву?» спрашиваю я.

«Да, но я не возражаю. Оно идеально в этой комнате».

Думая о зеркале, я погружаюсь в сон. Мама ушла. Здесь темно, только в углу, на небольшом расстоянии от зеркала, мерцает свет.

Ребенок брыкается. Он беспокойный. Я встаю и иду к зеркалу. По мере приближения свет становится ярче. Мой ребенок брыкается и двигается. Я откидываю одеяло и смотрю на свое отражение в зеркале, придвигаясь все ближе и ближе. Ребенок бьет по воротам.

Мой детский бугорок ударяется о зеркало. Ребенок снова бьет, сокращая расстояние между ним и стеклом. Когда они соединяются, мой бугорок исчезает в нем. Нас тянет внутрь.

Теперь я стою носом к стеклу. Я протискиваюсь дальше, пока все мое лицо не оказывается внутри. Моя голова следует за мной. Мой ребенок скатывается в отражение.

Сильный порыв ветра подхватывает нас где-то позади и заталкивает еще дальше. Теперь я внутри настолько, что замечаю разницу в воздухе. Осень. Листья. Там, где мы были, была весна, а здесь - осень. Как такое может быть?

Я чувствовал запах и прохладный воздух, который витал вокруг нас, приветствуя нас. Ветерок шепчет по моей коже, словно прикасаясь к ней.

Мой ребенок толкается вперед и назад, ища комфорта на другой стороне. Комфорт внутри стеклянного мира. Я поглаживаю свой бугорок, чтобы успокоиться, и мой малыш толкается в ответ, чтобы сделать то же самое для меня.

Там великолепно. Я нахожусь посреди леса. Нет, я на пляже с песком, чистым белым песком и волнами, разбивающимися и бьющимися о берег.

Нет, я рядом с горами, высокими горами, вокруг которых вьются тропинки. Это множество миров, сплетенных воедино. Я слышу пение птиц. Здесь есть вороны, вороны, голубые сойки, фламинго, кукабурры, белки, воробьи, пересмешники и чайки. Я чувствую на языке вкус соли океана.

Я зову: «Привет», и мой голос эхом разносится вокруг, вокруг и вокруг. Мой ребенок танцует под эхо, щекочет меня, заставляя хихикать. Я чувствую мир, чистый и сладкий. Радость. Дом.

С другой стороны, позади меня, что-то тянет меня назад. Я не хочу идти. Мой ребенок не хочет уходить, но что-то хватает меня. Оно вырывает нас оттуда. Назад.

«Какого черта ты делаешь?» - кричит кто-то. Голос шаткий, искаженный.

Я слышу слова, но голос звучит так, будто находится в облаке.

***

Как только мы возвращаемся, мы снова хотим уехать. Мы хотим быть там, существовать там. Только там и нигде больше.

Это Мони, и она очень сердита на меня. «О чем ты думала?»

Я молчу, глядя в зеркало.

«Не прикидывайся невинной», - говорит Мони. «Ты путешествовала. То есть в другом измерении, не так ли?»

«Путешествовал?» подражаю я. Я на секунду задумываюсь о том, как безумно, должно быть, выглядела, и отвечаю: «Я смотрела на свое отражение, на наше отражение. Ребенок и я».

«Большая часть тебя исчезла!» кричит Мони. «ИСЧЕЗЛА!»

Я смеюсь, пытаясь притвориться, что она не видела того, что видела. Пытаюсь заставить ее почувствовать, что она сошла с ума. Вместо меня. Я был там. Я видел другой мир. Я пересекаю комнату, удаляясь от зеркала, поворачиваюсь назад и подхожу к зеркалу. Я сжимаю кулак и прижимаю его прямо к стеклу, надеясь, что ничего не произойдет, но этого не случилось.

Мони следует за мной и делает то же самое. Затем мы встаем лицом к лицу и разражаемся хохотом. Наверное, мы выглядели сумасшедшими. Безумными. Нелепыми.

Ребенок пинается.

Вскоре мы уже внизу. Мони говорит, что моей маме нужно было уехать, и поэтому она пришла.

«Мне не нужна нянька».

«Прошло шесть месяцев, - говорит Мони, - с тех пор как умер Дэррил, и мы все беспокоимся о тебе и ребенке».

«У нас с ребенком все хорошо», - говорю я. «Мы все еще скучаем по нему каждый день, но уже становится легче». Это была ложь.

«Я знаю, что мы должны сделать завтра», - говорит Мони. «Пойдем на пляж».

Звучит весело, и я соглашаюсь. Но я не планирую надевать купальник.

***

Мы приезжаем на пляж с корзинкой для пикника, наполненной обедом и всякими вкусностями. Мы снимаем обувь и позволяем песку поскрипывать между пальцами ног, хотя на улице далеко не тепло.

«Мы с Дэррилом любили приезжать сюда летом».

«Он с нами здесь сейчас и всегда», - говорит Мони.

Мони права, но это не мешает мне скучать по нему. Мне нужны не только воспоминания о нем. Я хочу, чтобы он был здесь и обнимал меня.

«Я скучаю по его объятиям, по тому, как он обнимает меня, по его дыханию. Я скучаю по всему, что связано с ним, каждый день».

Мони обнимает меня за плечи.

«Самое сложное, - продолжаю я, - что Дэррил никогда не узнает нашего ребенка, а наш ребенок никогда не узнает Дэррила».

«Ты не знаешь, что ждет тебя в будущем», - говорит Мони.

Я понимаю, к чему она клонит. Она предлагает мне встретить кого-то другого. Эта мысль не заслуживает внимания. Ради всего святого, я носила ребенка Дэррила.

«Я не хочу никого другого. Никто не сможет заменить Дэррила и то, что у нас было вместе. Кроме того, мое сердце слишком разбито. Я никогда не полюблю никого другого. Мое сердце принадлежит Дэррилу и только Дэррилу».

«Не говори так. Ты не знаешь, что может ждать тебя в будущем. Любовь может случиться не один раз. Посмотри на мою маму. Папа умер, она вышла замуж за моего отчима и нашла любовь во второй раз. Это не одно и то же. Она никогда не будет такой же, как ваша первая любовь, но это все равно может быть любовью. Ее может быть достаточно. Вы должны быть открыты для этого. Они счастливы, и ты тоже сможешь со временем», - говорит Мони.

Я перехожу на спринтерский бег, насколько это возможно для беременной женщины на восьмом месяце, и захожу в воду. Вода холодная, но освежающая, и мне нравится ощущать ее прохладу на своей коже.

Мони заходит рядом со мной.

«Этот малыш любит воду».

Мони кладет руку мне на живот, и ребенок пинается. «Это точно», - говорит она.

Мы стоим в воде по колено и позволяем волнам омывать нас. Малышу это нравится, и он делает несколько кувырков.

«Ты собираешься рассказать мне об этом?» спрашивает Мони.

«Я не совсем понимаю, о чем ты», - говорю я.

«Я имею в виду про зеркало, про то, что вы делали? Ты путешествовал? Путешествовали по миру?»

Я думаю об этом и решаю, что она права. Я имею в виду, что через зеркало мы с ребенком как бы путешествовали в другое место. В другое измерение. В голове зазвучала музыка из «Сумеречной зоны».

«И что ты можешь знать об этом?» спрашиваю я.

«Я смотрю фильмы, читаю книги. Я даже путешествовал в «Алисе в стране чудес». Когда я вошел, большая часть тебя исчезла, и было очевидно, что это было в зеркале. Ты была в зеркале. Так что же ты увидел? Или ты что-то видел?»

«Я не уверена, что хочу говорить об этом, - говорю я, - потому что это секрет. Я хочу пока прижать его к груди. Мне кажется, что если я признаюсь в этом вслух, то это пройдет. Я знаю, что это звучит глупо, но все это было так странно и случилось со мной всего один раз. Дважды для ребенка, но один раз для меня. Я хочу быть там и сделать это снова, прежде чем говорить об этом с кем-то еще.

«Обещай мне одну вещь», - говорит Мони, когда мы смотрим на закат по дороге домой. «Пообещай, что не пойдешь туда одна. Я имею в виду, без того, чтобы кто-то с этой стороны мог вытащить тебя обратно».

Я киваю в знак обещания, но не уверен, что намерен его выполнить.

«Я бы хотела остаться у тебя на ночь, чтобы составить тебе компанию», - говорит Мони.

Я говорю, что все в порядке, потому что я слишком устала, чтобы делать что-то еще, кроме как спать, измученная свежим морским воздухом. Мой малыш даже не шевелится внутри меня.

Я влезаю в пижаму и сразу же засыпаю. Мне снится Дэррил, я ищу его, ищу высоко, низко и везде. Я хожу и хожу, мои ноги покрываются волдырями и кровоточат, но Дэррила все еще нет. Иногда я натыкаюсь на кого-то или что-то вроде пугала в поле. Я спрашиваю, не видел ли он Дэррила, и, как в «Волшебнике страны Оз», он показывает во все стороны. Он мне очень помогает.

Я также спрашиваю странную бородатую женщину, которая работает в цирке, не видела ли она Дэррила. Она смеется, смеется и смеется.

Его нигде нет, поэтому я просыпаюсь и включаю ноутбук. Весь вечер я рассматриваю наши фотографии. Нашу жизнь.

Когда мы были вместе, вокруг нас была любовь. Знаю, это звучит как глупое клише, но она была, особенно когда Дэррил смотрел на меня или когда я смотрела на него. Мы любили друг друга любовью, которой больше никогда не будет в мире, где мы разлучены.

Когда я в одиночестве копаюсь в прошлом, мне кажется, что он, ребенок и я вместе смотрим на фотографии. Ребенок лежит у меня на коленях. Дэррил стоит позади меня и смотрит через мое плечо, пока я перелистываю страницу за страницей.

Когда я заканчиваю работу, солнце уже взошло и начало новый день.

Измученная, я возвращаюсь в постель.

***

«Кэт. Кэт! КЭТ!»

Что за? Прекрати. Я хочу продолжать мечтать.

«КЭТ!!!»

Я понимаю, что слышу голос Дэррила. Что? Я встряхиваюсь и просыпаюсь. Прислушиваюсь и слышу его снова.

«Кэт».

«Дэррил?»

Я откидываю одеяло и открываю дверь в спальню. Теперь, когда я ответила, он снова и снова шепчет мое имя.

Я оказываюсь в комнате ребенка, где замираю и прислушиваюсь. Я вздрагиваю, как будто меня обдувает легкий ветерок. Затем я беру одеяло из кроватки и оборачиваю его вокруг своих плеч. Ребенок молчит, как будто он еще не проснулся.

«Кэт».

Я смотрю на окно. Ветер заставляет его щелкать и клацать, а затем распахивает настежь. Прохладная осень обнимает меня, прижимая к себе и одновременно подталкивая.

«Кэт».

Я поворачиваюсь в ту сторону, откуда доносится голос. Зеркало. Мой ребенок просыпается и сильно пинает меня. Я встаю в позу и иду к зеркалу. Деревянная рама с руками двигается, крутится, смещается. Стекло в раме мерцает и дрожит. Как будто облако проникло в детскую и проходит сквозь стекло. Я подхожу ближе. Поднимаю руку и прикладываю ладонь к поверхности.

*ЗЕРКАЛО, ТЫ ОТРАЖАЕШЬ МЕНЯ
С ИЗБЫТКОМ.

В мои мысли врывается стихотворение, которое я читал в школе. Оно всплывает в моей голове, когда моя рука пробивает поверхность и исчезает внутри стекла.

Дальше, все еще преодолевая зазор. Вот она. Другая рука, прижимающаяся к моей. Рука Дэррила. Рука Дэррила?

Да. Это подтверждается, когда облако в зеркале рассеивается. Мы касаемся друг друга ладонь к ладони.

Испугавшись, я отступаю назад и тоже отдергиваю руку. Ребенок пинается, и я касаюсь его ладонью. Облако перемещается обратно, пока я успокаиваю ребенка, а Дэррил исчезает.

Я хочу разбить его.

Я хочу оказаться в нем.

Неужели мне все это привиделось? Я была безумна?

Я безумна.

«Кэт. Вернись. Пожалуйста».

Я ласкаю нашу малышку одной рукой, а потом чья-то рука переходит на нашу сторону и берет меня за руку. Это рука Дэррила. Он здесь, утешает нашу малышку. Каким-то образом. Каким-то образом. Моя любовь.

«Дэррил».

Его вторая рука, та, что с обручальным кольцом, проходит через зеркало на нашу сторону. Мы падаем в него, в его объятия, в зеркало.

«О, Кэт».

Его руки заставляют меня дрожать, когда он проводит ими по ребенку. Ребенок поворачивается к нему, и мы оказываемся на полпути внутрь и на полпути наружу.

«Он прекрасен», - говорит Дэррил. «Как его мама».

«Мы не знаем, кто он - он или она», - говорю я, глядя в его голубые глаза.

«Определенно, он», - говорит Дэррил. «Он сильный и здоровый».

В ответ на голос отца ребенок брыкается и переворачивается.

«Стой спокойно», - говорю я, еще больше вжимаясь в зеркало. Ребенок уже почти весь в зеркале, но я не прохожу сквозь стекло. Я всегда могу отступить, если понадобится. Я не знаю, почему я волнуюсь. В конце концов, это же Дэррил. Как же я по нему скучала. И все же часть меня остается по ту сторону.

«Дэррил, это твой сын. Сынок, это твой папа», - говорю я, и слезы текут по моим щекам, как водопады. Не маленькие женские слезы, а большие жирные сочные слезы дождя. Я всхлипываю.

Дэррил целует меня в губы. У него вкус осени, одновременно теплый и прохладный. Затем он наклоняется и целует нашего ребенка.

«Сынок, ты должен заботиться о своей маме, я так горжусь тобой и тем, кем ты однажды станешь. Я люблю тебя. Я люблю вас обоих».

Я подталкиваю нас, продвигаю еще немного вперед. Я думаю о том, чтобы пройти весь путь, но что-то, какое-то чувство удерживает меня. Я хочу быть там. Я хочу пройти и быть с Дэррилом, где бы он ни был. Я хочу, чтобы мы трое были вместе, навсегда. Полная решимости, я пытаюсь толкать и толкать. Я хочу, чтобы мы прошли весь путь.

«Не надо», - умоляет Дэррил. «Даже не пытайся. У нас есть сейчас. Давайте наслаждаться им, пока можем. Она неумолима».

«Я хочу тебя. Я хочу, чтобы мы, все трое, были вместе. Всегда.»

«У нас есть только то, что оно нам даст», - говорит Дэррил. «Время - переменчивый друг и враг. Мы никогда не знаем, что придет, а что уйдет».

«Ты поэт, а я и не знала», - говорю я, хихикая.

Дует сильный ветер, и Дэррил отступает назад. Прочь.

«Иди уже», - призывает он.

«Нет! Куда ты идешь, Дэррил?» кричу я. «Вернись. Пожалуйста, не оставляй меня. Не оставляй нас снова».

«Я постараюсь вернуться, увидеть тебя снова, как только смогу. Если смогу. Уходи сейчас. Как-нибудь. Помни меня всегда. Я всегда буду дорожить тобой. Верь в меня, и тогда мы сможем встретиться еще раз».

Ветер нагоняет огромную тучу. Она заслоняет от нас Дэррила. Раньше облако было белым и пушистым, а теперь оно черное и полное гнева.

Я тяну нас назад.

При этом у меня подгибаются колени.

Я падаю на пол и рыдаю.

Такое ощущение, что я снова потеряла Дэррила.

Но на этот раз я плачу за двоих. Скорблю за двоих.

***

«Кэт, ты в порядке?»

Я просыпаюсь и вспоминаю, но это всего лишь моя мама. Она пытается поднять меня с пола, но я слишком тяжелая.

«Я вызвала скорую», - говорит она, пока я пытаюсь подняться и не могу.

«Я хочу спать», - говорю я, сдерживая очередной приступ слез.

Приезжает «скорая», и они бегом поднимаются по лестнице. Они проверяют мои показатели и показатели ребенка и, убедившись, что с нами все в порядке, помогают мне лечь в постель.

Мама нависает надо мной, и, чтобы успокоить ее, я говорю: «Он в порядке, и я в порядке».

Она замирает на месте. «Я не знала, что ты уже спрашивала пол ребенка».

«Нет, не спрашивал», - говорю я, - „У меня такое чувство, что он - он“.

Похоже, ложь сработала. Я притворяюсь, что устала больше, чем есть на самом деле. Ребенок, кажется, тоже спит. Поцеловав меня в лоб, мама выходит и закрывает за собой дверь.

Я лежу без сна несколько часов, думая о Дэрриле и гадая, когда мы сможем снова увидеться, прикоснуться друг к другу.

***

Каждый день после нашего визита к Дэррилу я хочу вернуться.

Я записываю все, что происходит. Ведение записей имеет смысл. Только так я могу быть уверена, что мой беременный мозг сохранит мои воспоминания в целости и сохранности. Записывая все это, одержимые этим, мы можем проживать один и тот же день снова и снова. Это как наша собственная версия фильма «День сурка», только на этот раз я - Билл Мюррей.

Дэррил сказал, что это «неумолимо». Он имел в виду время?

Я спрашиваю Мони, что она думает. Она тоже считает это довольно странным.

Мы начинаем работать вместе, чтобы исследовать сверхъестественные явления. Наша цель - события, связанные с путешествиями внутри зеркал в режиме онлайн.

Мы находим интригующие статьи о параллельных вселенных. В некоторых из них зеркала упоминаются как точки входа. В исследованиях говорится о таких вещах, как виртуальные реальности и расщепление измерений. Также обсуждаются дверные проемы в измерениях и оккультизм. Однако, кроме вымышленных романов, мы не можем найти никаких реальных доказательств, хотя и находим несколько утверждений.

Мы нашли несколько списков вещей, которые никогда не следует делать с зеркалами, например:

Никогда не смотритесь в зеркало при свечах, оно может показать вам очень призрачную версию вашего дома.

Если вы смотритесь в зеркало между двумя высокими белыми свечами, вы можете увидеть дух близкого человека, который ушел из жизни. Их душа может застрять в вашем зеркале.

От этой истории у меня сердце выпрыгнуло изо рта.

Неужели там застряла душа Дэррила? Это не казалось плохим или страшным местом, но он упомянул о неумолимости.

Я вздрогнул и перешел к следующему пункту.

Во время грозы всегда закрывайте зеркало с привидениями. Молния выпустит призраков.

Я рассказываю Мони, что, когда я только вошла в комнату, зеркало было частично закрыто. Я обнимаю себя и снова дрожу.

«Во-первых, - говорит Мони, - скорее всего, ваша мама поставила его туда, чтобы оно не стояло на полу. Ничего страшного. Просто совпадение». Она смотрит на меня. «Ты уверена, что хочешь продолжать?»

Я киваю и читаю следующую.

Получить в подарок зеркало из дома умершего человека - плохая примета.

«О Боже!» кричу я и зажимаю рот кулаком. Я не хочу пугать ребенка, но зеркало в нашей семье после смерти хранилось веками. Не как подарок с бантом, а как дар и семейная реликвия.

Я не знаю точно, у кого было зеркало до того, как оно попало в нашу семью. Мне нужно узнать о нем побольше.

Я объясняю это Мони, которая сама немного вздрагивает, прежде чем прочитать следующее.

Если кто-то увидит свое отражение в зеркале в комнате, где недавно умер человек, то он скоро умрет.

«Ну вот, с одной мы справились», - говорит она и смотрит на меня, чтобы подтвердить, на что я киваю.

Я читаю следующее.

Если ночью по вашему дому бродит призрак, зеркало может его запечатлеть.

Это жутко. Никто из нас ничего не говорит об этом.

Ребенок шевелится.

Я пролистываю статью дальше. Есть научные доказательства. В ней упоминаются квантовые зеркала и зеркала мультивселенной как ворота в другие миры.

«Нам нужно знать больше. Мне нужно знать больше об этом зеркале и о том, как оно попало в мою семью. Где оно появилось? Кто и когда подарил его нам?» говорю я с содроганием.

«И как мы собираемся это сделать?» спрашивает Мони, и мы оба сидим, размышляя об этом, одни, но вместе, довольно долго.

Дни и недели текут вперед. Мы с Мони продолжаем поиски, когда у нас есть время.

Мы отслеживаем концепцию путешествий через зеркала. Она восходит к древним цивилизациям.

Мы осматриваем наше зеркало с ног до головы, надеясь найти клеймо производителя. Не повезло.

Через неделю - плюс-минус несколько дней в любом случае - мы с Мони сидим вместе на моей кухне. По тому, как она начинает и останавливается, я понимаю, что у нее на уме что-то важное.

«Тебе может показаться, что это немного безумно».

«Расскажи мне», - говорю я.

Ребенок пинается. Я поглаживаю его ногу.

«Я предупреждаю тебя», - говорит Мони. «Это там».

«Продолжай».

«Ладно, начнем. В Интернете я нашла женщину, которая является экстрасенсом и медиумом. У нее исключительно хорошая, даже отличная репутация. Она приносит результаты в делах, за которые берется».

Я наклоняюсь ближе.

«Тетя Мария занимается гаданием на картах в качестве хобби. Она читала о женщине, о которой я говорю. Она нашла о ней только хорошее».

«Экстрасенс, да?» говорю я. Я не понимаю, что такое медиумизм. Хотя я знаю о том парне, которого показывали по телевизору, Джоне каком-то. Эдвардсе. Я произношу его имя вслух.

«Да», - говорит Мони.

«Ты имеешь в виду, что женщина-экстрасенс свяжется с Дэррилом?»

Мони кивает.

«Но я смогла связаться с ним сама. Я не знаю, чем она может помочь, ведь мы уже были там сами».

«Мы должны попробовать. Она нам нужна. Не ради Дэррила, а ради зеркала», - говорит Мони. «Если это путешествующее зеркало. Вы говорите, что это так, потому что вы путешествовали в нем. Нам нужно знать о нем больше. Она могла бы проверить его. Экстрасенсы проводят тесты, я имею в виду».

«О, - говорю я, и теперь мне стало еще интереснее, чем раньше. Я наклоняюсь чуть ближе.

«Я немного рассказала ей о том, что произошло, не вдаваясь в подробности. Ее зовут Анна Август, и она определенно хочет познакомиться с вами и увидеть комнату и зеркало. Я бы тоже хотела быть здесь, для моральной поддержки. Если, конечно, вы хотите, чтобы я была».

«Ты должна быть здесь со мной», - говорю я, и ребенок пинается, чтобы отдать свой голос. Я подхожу к кулеру с водой и наливаю себе стакан прохладной жидкости. «Сколько она просит за визит?» спрашиваю я после нескольких глотков.

«Пятьсот».

Я сажусь и прижимаю прохладный стакан ко лбу.

«Я знаю, что прошу многого, - продолжает Мони, - и хотела бы преподнести это как подарок».

«Это очень мило с твоей стороны», - говорю я. «Но если бы мы с тобой сделали пятьдесят на пятьдесят, и половина была бы твоим подарком, то это было бы замечательно. Как она собирает деньги? Я имею в виду, заранее?»

Мони объясняет, как это работает. Мы должны сразу же отправить десятипроцентный депозит в знак доброй воли.

Анна пришлет нам квитанцию, назначит дату и время для личного визита. В оговоренный день по прибытии нужно будет внести оставшуюся сумму.

«По прибытии?» говорю я. Просить деньги вперед кажется немного нахальным, но, с другой стороны, кто знает протокол для экстрасенсов?

Мони достает из холодильника стакан апельсинового сока и делает долгий глоток. «Согласно их сайту, доставка осуществляется по прибытии в дом клиента, то есть вас».

«О, значит, она ничего не обещает взамен?»

«Нет», - подтверждает Мони. «Но мне кажется, что это норма в мире экстрасенсов. Когда она соглашается взяться за ваше дело, она полностью берет на себя обязательства. Она хочет быть уверена, что ее клиенты тоже. Она сама выбирает, кому помогать. Если она будет говорить своим новым клиентам, что хочет получить предоплату, а остаток - вперед, она сможет отсеять ненормальных».

Я смеюсь, гадая, сочтет ли она меня чудаком, даже если я заплачу вперед. «Она, Анна, местная?»

«Нет, она иногородняя, но она знала, где вы живете. То есть еще до того, как я сказал ей ваш адрес. Она сказала, что последние несколько месяцев ощущает странное беспокойство в этом районе. Более того, оно было настолько сильным, что она решила сама провести расследование».

Звучит интересно и в то же время надуманно. «То есть у нее было предчувствие?»

«Я тоже так думал, но она сказала, что нет. Хотя они у нее часто бывают. В данном случае она почувствовала психическое возмущение. Что-то нахлынуло на нее. Заставило ее волосы встать дыбом. Что-то в этом роде».

При просмотре страшного фильма со мной такое случается, но я не говорю об этом. Вместо этого я соглашаюсь выслать первый взнос и выплатить ей всю сумму по прибытии. «Мы должны узнать больше, а у нас не так много вариантов».

«Есть много других вариантов, - говорит Мони, - но у Анны есть авторитет. Я сделаю это как можно скорее».

***

Третьего мая в три часа дня ко мне домой приезжает известный медиум и экстрасенс Анна Август. Мы с Мони прячемся за шторами. Мы наблюдаем за тем, как она выходит из своего автомобиля на мою подъездную дорожку. Мы обе очень любопытны и хотим проверить ее, прежде чем встретиться с ней во плоти.

За последние пару недель мы стали одержимы Анной. В то же время я стал одержим зеркалом, поскольку Анна велела мне держаться от него подальше. Я не разговаривал с ней, но она настояла, чтобы Мони передала мне срочное сообщение.

Суть сообщения заключалась в том, что, если я снова войду к ней, она узнает об этом. Наша договоренность будет аннулирована. Кроме того, все равно потребуется полная оплата.

Если я проигнорирую предупреждение, она получит легкие деньги. Она получит деньги, даже не переступив порог моего дома. Ее слова напугали меня настолько, что я запер дверь детской. На всякий случай.

Анне около шестидесяти лет, и она красивая женщина. Не красивая, а именно красивая. Это не оскорбление. Мы оба так ее воспринимаем. Она очень высокая, почти семь футов, а волосы она носит в пучке на макушке. Это еще больше увеличивает ее рост.

На ней красное пальто с высоким воротником и черными пуговицами в форме сердца. На ногах - толстые черные танкетки. На лице - легкая тушь, красные губы и больше ничего. В темно-черных волосах за левым ухом виднелась черная серьга в форме сердца. Она идеально сочетается с пуговицами на ее пальто.

Анна идет к входной двери с сильным чувством решимости и целеустремленности. Она слегка покачивается на своих танкетках, и мы хихикаем. Заметив нас, Анна подмигивает и осеняет себя крестным знамением. Она колеблется, а затем совершает крестное знамение над моим домом.

Мы были настолько отвлечены и захвачены всем, что делала Анна, что не заметили мужчину, который шел позади нее.

Он ростом около пяти футов, черноволосый и чернобородый. На нем черное пальто, черная кепка закрывает глаза, черные брюки и туфли. Он проносится мимо, как темное одинокое облако. Мы понимаем, что сутулость объясняется тем, что он несет на спине: небольшой черный сундук. Несмотря на то, что он небольшой, его веса достаточно, чтобы заставить его сгорбиться.

Анна ударяет в дверь, и мы бросаемся вперед, чтобы встретить их.

***

Анна влетает в дом как ветер, и темная туча проносится следом. Она протягивает руку мне первой и берет мою вторую руку. Она смотрит мне в глаза, а я ей - в свои, которые были странного зеленого оттенка с крошечными красными прожилками у зрачка.

«Я так рада наконец-то встретиться с тобой», - говорит она, протягивая руку, но останавливается, прежде чем коснуться ребенка. Я киваю, что все в порядке, и она кладет свою открытую ладонь на ребенка. Я жду, что он пикнет в знак признания ее присутствия, но этого не происходит.

«Наверное, он спит», - говорю я. По какой-то странной причине то, что он не представился пинком, заставляет меня чувствовать, что мы грубы.

Анна откидывает пальто. Она поворачивается к Мони и здоровается. Она знакомит нас со своим мужем, который стоит на заднем плане, разминая спину. Его зовут Баллард.

Я подхожу к нему, и мы пожимаем друг другу руки. Ему нужно помочь снять сундук со спины, и я помогаю ему. После этого он встает прямо и высоко. В конце концов, он не такой уж и коротышка. Он невысок для мужчины, а Анна в своих танкетках возвышается над ним.

«Давайте займемся скучными деталями», - предлагает Баллард.

«Да», - говорит Анна.

«Она имеет в виду деньги», - шепчет Мони.

Я беру с приставного столика свою сумочку. В ней лежит вся сумма, которую я передаю Анне, а она отдает ее Балларду.

«Спасибо», - говорит Анна.

Баллард достает деньги и пролистывает лот. Убедившись, что вся сумма на месте, он кладет ее в карман пальто.

Анна говорит: «Теперь я хотела бы посмотреть комнату».

Мы втроем - Мони, Анна и я (или четверо, если учитывать ребенка) - направляемся в детскую. Оглянувшись, я вижу, как Баллард роется в кармане в поисках ключа, который он вставляет в замок и открывает багажник.

Мне любопытен ключ, но еще более любопытно его содержимое. Баллард продолжает. Я возвращаю свое внимание к этому делу.

«В свое время», - говорит Анна, усаживая нас за стол. Она видит, что я с любопытством смотрю на Балларда. Похоже, она ничего не упускает.

Не успеваем мы дойти до детской, как Анна резко останавливается. Я едва не сталкиваюсь с ней, поскольку теперь иду в хвосте стаи, а Мони впереди.

Дыхание Анны меняется. Она задыхается, а ее щеки становятся очень румяными. Она хватается кулаками за стену справа и слева от нее и замирает на месте. Ее кулаки разрываются, как распустившиеся розы. Она упирается ладонями в поверхность стен по обе стороны от себя.

Ее голова откидывается назад, а глаза широко раскрываются, глядя в потолок. Все ее тело начинает трястись и биться в конвульсиях, словно у нее эпилептический припадок.

***

Что-то проникает в ее тело. Что бы это ни было, я вижу, как оно пробивается сквозь нее. Я смотрю на Мони, чьи глаза почти выскочили из черепа. Я протягиваю руку через плечо Анны и беру руку Мони в свою. Мы стоим, не зная, что делать. Анна продолжает вибрировать и извиваться.

Баллард оказывается рядом и прикладывает что-то к вздернутому лбу Анны. Это серебро.

Я вижу, как оно вспыхивает на свету, но не могу разобрать, что это. Сначала размытость, потом мерцание. Вскоре руки и голова Анны опускаются. Затем она снова оказывается среди нас.

«Прости, любовь моя, - говорит Баллард. «Я не ожидал...» Он останавливается и смотрит на нас с Мони, которые все еще стоят вместе, держась за руки.

«Я тоже не ожидала», - говорит Анна, делая глубокий вдох и несколько раз выдыхая, чтобы успокоиться. «Это было мощное что-то или кто-то. Могу я выпить бокал портвейна, прежде чем мы продолжим?»

Я начинаю говорить, что у меня в доме нет портвейна. Баллард, который пришел подготовленным, достает из-под пиджака фляжку. Он откручивает пробку и протягивает ее Анне.

Ее руки дрожат, когда она пытается сделать глоток. Баллард помогает ей.

Анна вытирает рот рукой. Я все еще вижу, как дрожат ее пальцы, когда она передает флягу обратно. Баллард предлагает мне сделать глоток. Я отказываюсь из-за ребенка. Мони тоже отказывается, но благодарит Балларда за предложение.

Анна нарушает молчание. «А теперь продолжим».

***

Не успеваем мы дойти до двери детской, как она захлопывается. Сила настолько велика, что кажется, петли могут сломаться. Я протискиваюсь мимо свиты, используя обхват своего ребенка, чтобы проложить себе путь.

Оказавшись у двери, я достаю из кармана ключ. Отперев дверь, я пытаюсь повернуть ручку. Я говорю «пытаюсь» по двум причинам.

Во-первых, она не поддается, а во-вторых, она раскалена докрасна, настолько, что я вскрикиваю, когда моя кожа расплавляется на ней. Металлическая ручка словно приваривается ко мне, а моя кожа обжигает и пахнет так, будто меня жарят на барбекю.

Моя раскаленная плоть пахнет почти бухлом, пока я пытаюсь отделиться от рукоятки. В следующие несколько секунд время как будто остановилось, и я сосредоточиваю свое внимание не на боли, а на самой рукоятке. Одним движением я отделяюсь. Ручка двигается. На секунду мне кажется, что она повернется и откроется, но этого не происходит.

Я смотрю налево, где стоит Мони, смотрит, размышляет, что делать, но ничего не предпринимает. Я смотрю на Балларда, который смотрит на Анну, закрывшую глаза и бормочущую слова.

Я прислушиваюсь к ее бормотанию и понимаю, что она произносит заклинание или заклинание. По крайней мере, так это выглядело на основе вымышленных телевизионных шоу, которые я видел с участием ведьм.

Разве медиумы произносят заклинания или заклинания? Я не был уверен, но что бы она ни задумала, я надеялся, что это сработает.

Как только эта мысль пришла мне в голову, жар от дверной ручки увеличился с девяти до десяти, и я вскрикнула от боли. Баллард бросается ко мне с пузырьком бренди в руке и выплескивает его содержимое на мою ладонь. Он дымится, плюется и пахнет, как не пропекшийся рождественский пудинг.

Это срабатывает, и моя рука освобождается от ручки. Баллард отводит меня от двери. Я стою неподвижно, пока Мони передает Балларду аптечку, которую она принесла из ванной. Он заворачивает мою руку в марлю, опрыскав ее жидкостью для снятия ожогов. Это охлаждает температуру моей кожи. Когда он обматывает руку марлей, боль становится минимальной.

Когда мы возвращаемся в коридор, Анны нигде нет, но дверь в детскую стоит нараспашку.

На этот раз Баллард идет впереди, а мы с Мони следуем не слишком далеко. Баллард держит правую руку вытянутой перед собой, словно ожидая прихода невидимого и неизвестного. Если бы у него в руке был крест, это было бы не лишним. Я слишком много смотрел телевизор для своего блага.

Оказавшись в детской, Баллард шепчет: «Анна». Он стоит в дверях, загораживая нам с Мони вход в комнату.

Никакого ответа.

Баллард проходит внутрь, продолжая звать Анну, и мы входим следом за ним.

Окно распахнуто настежь, как и в тот день, когда я вошла в зеркало. Но этот ветер очень сильный. Он раздувает шторы. Они колышутся и парят над полом в виде призраков.

Разлетающиеся занавески направляют мой взгляд в сторону зеркала. Мони и Баллард делают то же самое, но на этот раз они стоят позади меня, пока я иду к зеркалу. Одеяло, которое когда-то было накинуто на зеркало, теперь скомкано на полу.

«Анна!» зову я.

Баллард выкрикивает имя своей жены.

Хотя я его не знаю, от высоты тона и интонации его голоса у меня по предплечьям бегут мурашки. Я поворачиваюсь и смотрю на него, видя чистый страх. Мне показалось нелепым, что он так напуган. Баллард - ее партнер во всех отношениях. Их совместная жизнь направлена на то, чтобы помогать людям общаться с их близкими по ту сторону. Они профессионалы.

Я подхожу к зеркалу. Одним огромным шагом я вхожу в него всем телом.

Последнее, что я слышу, - это как Мони выкрикивает мое имя.

***

По ту сторону - полная темнота.

Это отличается от того, что было раньше. Страшно.

Я делаю два шага вперед. Что-то хрустит у меня под ногами. Я отхожу немного в сторону, надеясь, что чего бы это ни было, его там не будет, но оно там есть. Я двигаюсь вперед, наступаю на что-то большее, потом немного спотыкаюсь и замираю.

Слишком напуганный, чтобы двигаться, я понимаю, что это место было именно таким, каким я ожидал увидеть внутренность зеркала. Чего я не ожидал, так это запаха. Он промозглый, как гниющие осенние листья, и холодный. Я обхватываю себя руками.

Я не двигаюсь, надеясь, что мои глаза приспособятся и привыкнут к темноте.

Проходят секунды. Но я не делаю ни шагу в какую сторону. Иногда я чувствую, как меня раскачивает. Стоять на месте с таким большим животом - задача не из легких. Мне кажется, что я могу опрокинуться. Я поглаживаю свой бугорок и стараюсь сохранять спокойствие.

Где леса, пляж и горы? Где солнце и осенний ветерок? Здесь застывший воздух неподвижен.

Я задаюсь вопросом, не является ли это другим измерением?

Почему это место кажется таким незнакомым, в то время как другое казалось уютным? Я был глупцом, когда вошел сюда, не зная, что Анна здесь.

Я слышу хруст, а затем голос Анны. «Кэт?»

Мое тело содрогается, когда я отвечаю.

«Кэт, - говорит она, - тебе нужно уходить отсюда».

Я поглаживаю свой детский бугорок в попытке привести себя в норму.

«Ты знаешь, сколько шагов ты сделала после того, как вошла?» спрашивает Анна.

Я отвечаю, что не делала много шагов, но и не считала их.

Она спрашивает, смогу ли я повернуть, если буду знать, в каком направлении пришла, и я отвечаю, что, кажется, да.

«Развернитесь и идите в направлении наружу», - наставляет Анна. «Я буду следовать за звуками твоих шагов. Звук будет вести меня, и мы выберемся вместе».

Я думаю о Дэрриле, когда мы впервые встретились. На фоне этих радостных мыслей в голову лезет какое-то воспоминание. Оно было связано с чем-то, что я читала или смотрела. О демонах в темноте, которые принимают голоса тех, кого мы знаем, а иногда даже тех, кого любим. При этом демоны притворяются теми, кем они не являются.

Я успокаиваюсь и гоню эти мысли прочь, набираясь сил при мысли о Дэрриле и ребенке. Я поворачиваюсь, протягивая руки, чтобы нащупать дорогу. От хруста меня охватывает паника, но я знаю, что не зашла слишком далеко. Я иду вперед, как слепой зомби, и ничего не чувствую.

Я делаю еще два шага влево, продолжая двигаться в том же направлении, что и раньше, и снова протягиваю руки перед собой. По-прежнему никакого контакта ни с чем. Еще два шага.

Вот оно. Я чувствую его и делаю шаг вперед. Баллард и Мони тянут меня за собой.

Анна хватает меня за хвост рубашки и тоже проходит.

Мы в безопасности.

Мы вернулись.

****

Я плачу, когда Мони помогает мне пересечь комнату. Я сижу в кресле-планере, как будто на моих плечах лежит весь мир. Я поглаживаю свой бугорок и напеваю Frere Jacques, чтобы успокоить сердце и разум. Мой малыш не отвечает пинком на пинок, но его состояние не ухудшается.

Мони приносит чашку горячего чая. У меня дрожат руки, чтобы удержать ее. Она подносит ее к моим губам, и я делаю глоток.

В углу, за пределами слышимости, Анна шепчется с Баллардом, прихлебывая из фляжки. Ее трясет, и Баллард то и дело поглядывает в мою сторону, а потом снова на жену. Я спас ее, вернул обратно. Мне интересно, о чем они говорят, но я слишком устал, чтобы подслушивать их разговор.

«Как долго?» спрашиваю я Мони.

«Восемь часов».

«Не может быть, чтобы прошло восемь часов!»

«На улице темно. Видите?» Она отдергивает шторы, показывая темноту на улице вместо дневного света. Она наклоняется и спрашивает: «Как там Дэррил?»

Мой сын дает мне такой сильный пинок, что у меня перехватывает дыхание. Я поглаживаю его ногу по своей коже. «Успокойся, сынок».

Мони ждет, пока малыш успокоится, и только потом спрашивает: «Если Дэррила там не было, почему тебя так долго не было?»

«Я не знаю», - говорю я, глядя в сторону Анны и надеясь, что она сможет дать какие-то ответы. В конце концов, она - единственный эксперт в этой комнате.

Анна делает еще один глоток из фляжки. Заметив, что я смотрю на нее, она, спотыкаясь, идет через комнату. «Вы в порядке?»

Анна стоит слева от меня, Мони - передо мной, а Баллард - справа, словно я - центр полукруга. Я дрожу. Мони накидывает мне на плечи одеяло.

Анна говорит: «У зеркала много лиц. Вот это, - она указывает на него, - должно быть разрушено».

«Но почему?» спрашиваю я, скрипя зубами. «Оно десятилетиями хранилось в моей семье и привело ко мне Дэррила».

«Я предлагаю вам отослать его подальше, если вы не можете его уничтожить. Оно снова позовет вас и соблазнит войти, если окажется в вашем доме. В следующий раз вам может не повезти. В следующий раз вы можете застрять там навсегда».

«Послушайте мою жену», - говорит Баллард. «Она знает, о чем говорит, и все, что она хочет сделать, - это уберечь вас и вашего ребенка от беды».

«Оно могло причинить нам вред, но не причинило», - говорю я. «Там было темно и промозгло, но я бывала и в худших местах, гораздо худших».

Анна колеблется, проходит немного, потом говорит: «Хрустящий звук. Что это было, как ты думаешь?»

Баллард подходит к жене и шепчет ей на ухо. Они снова поворачиваются ко мне.

«Листья», - отвечаю я. «Мертвые листья».

Глаза Анны загораются, когда она смотрит на своего мужа. «Это был звук ломающихся костей. Кости тех, кто так и не вернулся».

Я задыхаюсь и стараюсь не закричать. Я думаю о звуке, который я услышала, и задаюсь вопросом, не выдумывает ли она его, пытаясь напугать меня. Если бы я наступила на кости, на что бы это было похоже? Что бы я чувствовала под ногами? Они звучали бы точно так же, как те, что были в зеркале.

«А теперь давайте уйдем отсюда», - говорит Анна. «Мы сделали все, что могли. Мы больше не можем здесь находиться. Попомни мои слова, если ты не уничтожишь эту штуку, то она будет на твоей голове».

Когда они уходят от меня, я спрашиваю: «Почему ты не дождалась меня? Почему вы вошли в зеркало без меня? Раньше там был Дэррил, мой муж. Все было безопасно и хорошо.

Почему вы не подождали?» Я встаю и иду за ними, ожидая ответа, объяснения.

Анна продолжает идти.

Баллард останавливается, обдумывает, что сказать. Он передумывает. «Идем, любовь моя. Эта женщина не оценит твою жертву или совет».

«Ее жертва? Я вошла туда и вывела ее! Я спас ее».

«Успокойся», - говорит Мони. «Это нехорошо для ребенка».

«Убирайтесь из моего дома», - кричу я.

После того как Баллард закрепил багажник на спине, он и его жена покидают мой дом.

Я стою со сжатыми кулаками, а вода стекает по моим ногам. Головокружение охватывает меня, и я падаю на пол.

***

В конце концов, это не вода. Это кровь.

Я узнаю об этом только после того, как к моему подъезду подъезжает машина скорой помощи и парамедики осматривают меня. Показатели в норме, но они настаивают на том, чтобы мы поехали в больницу.

Отдыхая, привязанная к аппаратам и мониторам, я чувствую благодарность за то, что у нас с сыном все хорошо. Ничего больше и ничего меньше.

Мони позвонила моей маме, которая быстро приехала. Она сидела со мной, держала меня за руку и говорила, что все будет хорошо. Сейчас она крепко спит в кресле.

Глядя на нее, я понимаю, что матери подобны богу. Мы полагаемся на них во всем с момента нашего зачатия. Когда нам объясняют, что все будет хорошо, даже если мы знаем, что они не могут этого знать, мы все равно верим им. Если бы они сказали, что небо оранжевое, мы бы им поверили. Зачем им лгать нам? Наши матери - это медсестры, врачи, советчики или консультанты, учителя, философы и наши друзья. Матери носят так много шляп.

Я ощущаю свой детский бугорок, размышляя о своем потенциале, чтобы исполнить роль матери и единственного родителя для своего сына. Надеюсь, я смогу сравниться с матерью по силе и мужеству. Если мне удастся достичь восьмидесяти процентов того, чем она была для меня, я буду на седьмом небе от счастья.

Я обдумываю то, что сказал мне доктор. Кровотечение было несерьезным. Временное состояние, и оно прекратилось. С ребенком все в порядке, сердцебиение сильное. Тем не менее, срок родов уже не за горами, и они хотят, чтобы мы были здесь.

Я задремал, думая об Анне, и был разочарован. Мы так ждали ее приезда и ее предложения помочь. Я попросила Мони связаться с ней, чтобы узнать, сможет ли она заполнить некоторые пробелы. Я хотела узнать, что с ней произошло до того, как я вошла в зеркало. Что она знала? Что она видела?

Я также хотел знать, почему она прыгнула в зеркало до того, как кто-то из нас оказался в комнате.

По моим щекам беззвучно потекли слезы. Я так скучаю по Дэррилу. Жизнь была бы совсем другой, если бы он был здесь.

Жизнь слишком коротка, слишком ценна, чтобы тратить ее впустую.

Я откидываюсь на подушку и закрываю глаза.

***

Мои ноги отрываются от земли. Я взлетаю на крыльях бабочки-монарха в открытый воздух. Я поднимаюсь все выше и выше в небо, когда мимо меня пролетают самолеты. Пассажиры машут мне из окон. Птицы останавливаются. Одна садится мне на плечо. Она открывает и закрывает клюв в песне, как будто пытается завязать со мной разговор. Она улетает, довольная тем, что попыталась пообщаться со своим собратом.

Внизу за мной следует маленький крылатый человек. Я поглаживаю свой детский бугорок, но обнаруживаю, что его больше нет. Крылатый человек внизу - это мой ребенок. Его крылья синие и черные. Он учится летать. Он с трудом пробирается ко мне.

«Мама», - зовет он.

Я замираю на месте, ожидая, пока он догонит меня.

«Мама», - снова зовет он.

Я прижимаюсь к нему, пока мы не оказываемся бок о бок. Я беру его за руку.

Вместе мы поднимаемся.

Я запрокидываю голову назад, все еще держа его руку в своей, и небо за долю секунды превращается из дня в ночь. Воздух из теплого превращается в холодный, ветер подхватывает нас и уносит прочь.

Мы с сыном прижимаемся друг к другу, крепко держимся, синхронно хлопая крыльями. Беспомощные.

Раскаты грома. Молнии сверкают в небе позади нас, под нами, все ближе и ближе.

Прямое попадание в мои крылья. Искра вспыхивает на его. Мы падаем обратно, откуда пришли.

***

Я просыпаюсь с криком. Как же я хотел не разбудить маму.

Сон был таким реальным, таким ярким. Он заставил мониторы мигать и пищать. Прибежал персонал больницы и взял все под контроль.

«Это был всего лишь сон», - говорю я, чтобы успокоить их. Но они продолжают суетиться вокруг меня.

Я вытираю сон с глаз.

С мамой что-то не так. Они пришли не за мной.

Они положили ее на больничную кровать и выкатили из палаты. Колеса скрипят, отталкивая ее от меня.

«Что происходит?» кричу я. Я пытаюсь встать, чтобы пойти с ней, чтобы быть с ней. Я должен догнать свиту.

Но я привязан. Я пытаюсь освободиться. Недостаточно быстро.

Медсестра втыкает мне в руку иглу.

Последнее, что я помню, это как я ругаюсь на нее.

***

Когда я просыпаюсь, рядом со мной оказывается Мони. Когда я засыпала, был день. Теперь темно. За окном все кажется черным и беззвездным.

Пока я пытаюсь собрать воедино все кусочки, мой сын сильно пинает меня. Как будто он напоминает мне, чтобы я ставил его на первое место, как будто я нуждаюсь в напоминании. Сначала был тот страшный сон. Потом мама попала в беду, заболела или что-то в этом роде.

Я возвращаюсь к реальности.

Мони протягивает мне стакан воды. Мы с ней дружим так давно, что иногда кажется, будто у нас телепатическая связь. Мони - лучшая подруга в мире. Я не знаю, что бы я без нее делала.

«Спасибо», - говорю я, делая глоток и чувствуя, как прохладная вода пробирается в мой очень пустой желудок. Неудивительно, что мой ребенок пинается как сумасшедший. Мне нужно подкрепиться, ведь я так мало ела сегодня. Не то чтобы больничная еда была чем-то особенным. Я спрашиваю Мони, не могла бы она улизнуть и купить мне что-нибудь из фастфуда в качестве угощения.

Будучи, как обычно, логичной, Мони предлагает мне позвонить медсестре. Спросить, могут ли они что-нибудь сделать для меня, чтобы не нарушать диетические требования для меня и ребенка. Звучит как хороший совет, хотя я бы убила чизбургер, картошку фри и шейк.

Медсестра услужлива и говорит, что принесет что-нибудь специально приготовленное для меня как можно скорее. На больничном языке это означало, что как только я займу верхнюю строчку в очереди. Первый пришел, первый обслужен.

Я потираю одной рукой свой пузико и пью побольше воды, чтобы сдержать голод.

«Нам нужно поговорить», - говорит Мони.

«Я слушаю».

«Прежде всего, с твоей мамой все в порядке. У нее был инсульт, но, насколько я понимаю, не очень сильный. Я не знаю конкретных деталей, потому что я не член семьи, но у меня сложилось впечатление, что она полностью поправится».

Я вздохнул с облегчением и напомнил Мони, что она мне как сестра, которой у меня никогда не было.

«У меня есть сестра, - говорит Мони, - но ты - моя любимая сестра».

«Люблю тебя», - говорю я.

«Я тоже тебя люблю».

Мы молчим какое-то время, а потом она говорит: «Я поговорила с Анной за тебя. Визит в твой дом и в зеркало совершенно их напугал. Эти двое не новички. Она, я имею в виду Анну, никогда не чувствовала себя так близко к чистому злу, как в тот момент, когда оказалась в вашем зеркале».

Я вспомнила ощущение блаженства, когда была с Дэррилом. Ощущение его прикосновений. Его связь с сыном. То, что она говорила, казалось нелепым, и я так и сказала.

«Что ты имеешь в виду?»

«Во-первых, я тоже была там. Да, там было очень темно. Там было сыро и даже немного воняло, но я не чувствовал присутствия зла в воздухе. Если бы зло таилось в этой темноте, то оно могло бы в любой момент забрать любого из нас. Мы были в его власти. Так почему же оно ничего не сделало?»

«Она говорит, что дьяволу нужны только души испорченных людей. Тех, кто совершил зло или совершил дурные поступки. Исключение составляют лишь те, кто приходит к нему добровольно и чист сердцем».

«А Анна, как она вписывается в этот сценарий? спрашиваю я.

«Анна сказала, что если бы вас и ребенка в частности не было рядом, то тварь забрала бы ее. Она говорит, что оно прошептало ей, что она потеряна, что она его, прежде чем вы вошли в зеркало. Когда вы вошли, от ребенка исходил свет. Это был не яркий свет. Он был тусклым, но этого было достаточно, чтобы она поняла, что вы там. Этот свет привел ее к вам, и в последнюю секунду она схватила вас, а вы вытащили ее. Без ребенка, без тебя она была бы потеряна, ее душа навечно застряла бы там».

Не задумываясь, я ласкаю ножку ребенка. Он поворачивается внутри меня.

Я поднимаю глаза, когда в палату входит незнакомец с планшетом. Он хмурится, как Гранд-Каньон, но при этом как-то раскраснелся и побледнел одновременно.

«Вы Кэт?» - спрашивает он.

***

На нем нет белого халата, и он не член семьи или друг.

Я киваю, подтверждая, что я - это я.

В ответ он кричит: «Принесите это».

Двое разносчиков вносят большой накрытый предмет.

Еще до того, как они его раскрывают, я уже знаю, что это. Зеркало. «Что оно здесь делает? Я не просил вас его приносить».

«Распишитесь здесь». Мужчина протягивает Мони ручку. Сначала она наотрез отказывается расписываться, но мужчина повышает голос. Он угрожает поднять шум, и она подписывает, но только после того, как я ей говорю.

«Мы решим, что с ним делать, после того как эти два недоумка - без обид - уйдут».

Мони ухмыляется, и я тоже.

Курьеры отступают.

«И что теперь?» спрашивает Мони, стоя как можно дальше от зеркала и не выходя за дверь.

Я чувствую себя в безопасности, сидя на кровати и закутавшись в одеяло. Отсюда я могу изо всех сил стараться не обращать внимания на слона в комнате. Что он здесь делает и кто его прислал?

***

У Мони звонит телефон, заставляя нас обоих подпрыгнуть. Она занята тем, что отодвигает зеркало в сторону у окна.

«Я сейчас вернусь», - говорит она.

По пути ко мне новый служащий замечает зеркало и раскрывает его. «Какое красивое зеркало», - говорит он. «Рама и дерево в частности просто потрясающие». Он проводит пальцами по выгравированным соединенным рукам и говорит: «Японское, не так ли?»

«Не знаю, но оно хранится в моей семье уже несколько десятилетий».

Служащий устанавливает зеркало так, чтобы оно было видно в моем периферийном зрении. Часть его обращена ко мне, а часть - к окну.

Он смотрит на заднюю часть. «Я уже видел нечто подобное. Если вы когда-нибудь захотите продать его, позвоните сюда, спросите меня или оставьте сообщение.

Меня зовут Дэниел Чанг». Он протягивает мне свою визитку.

«Спасибо», - говорю я, когда Мони возвращается в комнату.

«Все в порядке?» - спрашивает она, глядя на зеркало и видя, как санитар ласкает его.

«Да, - отвечаю я, - Дэниел говорил мне, что зеркало ему показалось японским. Он сказал, что видел подобное раньше. О, и он был бы заинтересован в том, чтобы купить его. То есть если бы я когда-нибудь захотела с ним расстаться».

Мони бледнеет.

Дэниел проверяет мой пульс. Он подтверждает, что все в порядке, и спрашивает, не нужно ли мне что-нибудь.

«Какой странный парень», - говорит Мони.

У меня отошли воды.

***

Все происходит слишком быстро. Мониторы сходят с ума. Начинаются схватки. Я расширена и готова тужиться. Сердцебиение ребенка падает, как и его кровяное давление. Меня вывозят в операционную и начинают готовить к экстренному кесареву сечению. Мне так хочется, чтобы Дэррил был здесь со мной.

Все на руках. Меня накачивают лекарствами, и я иду спасать сына.

Я не в себе, ничего не вижу и не чувствую. Я наблюдаю за работой персонала больницы. Я слушаю аппараты. Я надеюсь и молюсь, чтобы с моим сыном все было в порядке.

Его поднимают, чтобы я могла его увидеть.

Он не плачет.

Он синий.

Я кричу.

Кто-то втыкает иглу мне в руку.

Я сплю, зная, что мой сын мертв.

***

Я просыпаюсь и вспоминаю.

«Хотите подержать его?» - спрашивает медсестра.

Я киваю.

Она выходит из палаты.

Я встаю с кровати.

Мой сын прибывает в стеклянном футляре, завернутый в зеленое одеяло. На нем соответствующая вязаная шапочка.

Она протягивает его мне. Слезы катятся по моим щекам, когда я целую его прохладный лоб и вижу, как мы отражаемся в зеркале в другом конце комнаты.

Я подхожу к нему.

Я все еще мама. Держу на руках своего сына.

Я целую каждое его веко.

Земля под моими ногами начинает дрожать, когда солнце проливает свет в комнату, в зеркало и на моего сына.

Его веки открываются. Он видит меня. Знает меня.

Потом он исчезает.

Я спотыкаюсь, держа в объятиях легкое ничто.

Там, в зеркале, Дэррил держит нашего сына.

«Я люблю тебя», - говорит Дэррил, целуя его в лоб.

«Я тоже тебя люблю», - говорю я, когда наш сын начинает плакать.

Зеркало начинает вращаться, сначала медленно, потом набирает обороты. Оно ударяется и скрежещет, крутится так, будто собирается улететь.

Загипнотизированная, я не могу отвести взгляд.

Рука Дэррила протягивается из зеркала, и я беру ее.

И мы навсегда вместе - Дэррил, наш ребенок и я.

СМЕРТЕЛЬНОЕ ЖЕЛАНИЕ

Ему было трудно думать о чем-то другом.

Он жил в идеальное время. Время, когда он мог найти в Интернете все, что угодно.

Видео и фотографии. Все, что ему нужно было знать об этом. Даже то, что пугало его до смерти! И он мог делать это на работе или дома.

Все, что ему нужно было делать, - это держать открытыми несколько вкладок и, когда требовалось, переключаться туда-сюда. Он был словно шпион, играющий в кошки-мышки, о которых знал только он.

Он проводил каждый час бодрствования - или столько, сколько мог, - за исследованиями. Расставлял и переставлял кусочки головоломки. Подготовка была ключом. Он собирал все воедино, пока не был готов. Тогда все будет просто, и, имея на руках все факты, он исключит возможность провала.

«Провал - не вариант», - сказал он себе, гадая, кто сказал это первым. Любопытствуя, он погуглил. Он нашел одноименную книгу, авторство которой приписывается Джину Кранцу, руководителю полетов в Центре управления полетами НАСА.

Проблема с исследованиями в Интернете - отвлекающие факторы. Так легко сбиться с пути. В темную дыру. Если он не будет следить за этим, время пролетит незаметно, и скоро он будет слишком стар для этого.

А еще были прерывания. В жизни случаются вторжения, как хорошие, так и плохие. Вы могли идти по жизни, занимаясь любимым или ненавистным делом, но в любом случае время ускользало от вас, и вы ничего не могли с этим поделать.

Все, что можно было сделать, - это закрыть дверь, надеяться и желать, чтобы мир ушел. Иногда это не очень хорошо сказывалось на тех людях, которых вы любили, например на жене. Или собака.

Иногда ему казалось, что он должен упасть и признаться во всем своей жене. Броситься к ее ногам. Но потом он думал о том, что будет чувствовать, если его секрет окажется не только его секретом. Ему пришлось бы отвечать на вопросы, а его решения стали бы предметом обсуждения. Каждую частичку его личности будут разрывать на части, как рождественский крекер.

Нет, решил он. Секретность - единственный выход. Кроме того, она будет волноваться. И она может привлечь других людей, например его родителей, ее родителей или их друзей. И тогда кот окажется на свободе.

Ему стало интересно, откуда взялась эта фраза. Он поискал ее и посмеялся над дебатами в Интернете, особенно над немецкими и голландскими сравнениями «свиньи в кармане». Он прокрутил страницу вниз, желая узнать имя автора, но отказался от этой затеи, когда позади него «хмыкнула» жена. Он переключил экран на что-нибудь нейтральное.

«Еще несколько минут», - сказал он.

Она закрыла за собой дверь.

Всякий раз, когда она высовывала голову за дверь... Даже когда она уходила... Он чувствовал себя так, словно ему снова семь лет и его поймали за руку в банке с печеньем.

Чертов католицизм, подумал он.

Он чувствовал себя виноватым во всем.

Он же не дрочил или что-то в этом роде.

Он работал.

В основном работал.

Правда, ему не платили, но это все равно была работа. У нее была цель. Он поискал слово «работа». Одно из определений гласило: «форма пытки».

Он рассмеялся.

Он попытался сосредоточиться, но не смог, потому что чувствовал себя чертовски виноватым. Как будто его жена постоянно придиралась к нему. Ругала его - чего она не делала. Его разум кричал: «Разве я не важен?» Он заткнул уши и содрогнулся. Одна только мысль о том, что она осуждает его, что ее слова режут его как масло, заставляла его кусать большой палец...

«Вы кусаете себя за палец, сэр?» - спросил он у пустой комнаты.

«Ты что-то сказал?» - спросила его жена через закрытую дверь.

«Нет», - ответил он. А потом, вздохнув, добавил: «Я не кусаю вас за большой палец».

Это были единственные строки из Шекспира, которые он помнил. Как и Шекспир, он был немного королевой драмы.

Он вернулся к работе, чувствуя себя виноватым за то, что солгал Джейну.

Не то чтобы он смотрел порно или что-то в этом роде. У некоторых его приятелей были свои нечистые удовольствия в Интернете, но это было не его дело. Когда они хвастались своими похождениями, ему хотелось исчезнуть. Один из его женатых друзей зарегистрировался на нескольких сайтах знакомств. Они присылали ему фотографии на телефон, а он даже не встречался с ними лично. А еще были онлайновые порноманы. Они говорили об этом, даже хвастались этим.

От этого ему становилось плохо. Ему было стыдно быть мужчиной.

А ведь многие жены, прочитав сексуальную книгу из списка лидеров продаж, покупали розовые наручники. Его жена тоже пыталась ее читать, но, будучи учительницей английского языка, не могла оторваться от плохого почерка. Друзья его жены постоянно уговаривали ее попробовать. Они советовали ей не обращать внимания на стиль написания, но учитель в ней не позволял ей этого сделать.

И снова он позволил своим мыслям сбиться с пути. Он поискал название сексуальной книги и обнаружил на YouTube неуместную куклу, читающую несколько глав. Он вставил наушники, послушал и, несмотря на себя, рассмеялся. Кому-то стоило немалых трудов сделать это.

Но это было не более чем отвлекающим маневром. Ему нужно было вернуться к текущей задаче. Он ненавидел себя, когда не мог сосредоточиться, но при этом так легко отвлекался.

В этот момент залаял его пес Бадди, и он посмотрел на часы. Бадди был на улице уже почти тридцать минут.

Чувствуя себя виноватым, он вскочил и сделал несколько шагов к двери, не меняя ширмы. Бадди снова залаял, и он вернулся, чтобы закрыть ноутбук. Лучше перестраховаться, чем потом жалеть, подумал он, выходя из комнаты и идя по коридору.

«Слишком мало, слишком поздно», - со смехом сказала Джейн в его сторону, когда Бадди подскочил к нему.

«Простите, - сказал он, - я только сейчас его услышал».

«Не волнуйся, - сказала она, - я была ближе». Затем она вернулась к чтению и проверке работ своих учеников.

Они с Бадди вернулись по коридору и вошли в его кабинет. «Извини, Бад, - сказал он, когда пес сел на пол и принялся вылизывать его лицо. Ты скучал по мне, Бадди?» - спросил он, когда Бадди пролаял „да“.

«Я лучше вернусь к работе, Бад», - смиренно сказал он.

Он вернулся в свой кабинет. Сел за стол, решив сосредоточиться.

Он наклонился ближе к экрану, все время взвешивая все «за» и «против». Он ничего не записывал и не делал никаких пометок. Если бы он это сделал, то кто-нибудь мог бы найти их и прочитать. Тогда ему пришлось бы все объяснять, а в таком разговоре он не хотел участвовать ни сейчас, ни когда-либо еще.

«Хочешь чашку чая?» позвала Джейн из кухни.

«Нет, спасибо», - ответил он.

Отвлечения и еще раз отвлечения. Пять простых слов, таких как «Хочешь чашку чая», могли запустить его мозг в спираль. Он начинал думать о том, о сем и о том, как все взаимосвязано. В следующее мгновение он уже был маленьким мальчиком, качающимся на качелях во дворе у родителей. Потом он увидел бы себя качающимся на дереве в парке. Он был слишком измотан, чтобы заниматься исследованиями. Не физически, как вы понимаете, а морально.

Впрочем, сегодня был в основном его день. Было воскресенье, и Джейн провела большую часть дня, проверяя бумаги, а затем готовя ужин. Конечно, она ожидала, что в какой-то момент он выйдет из своей «пещеры». Так она называла его кабинет. Прямая отсылка к той книге, которую она видела в передаче Опры. Жена подарила ему экземпляр, надеясь, что он выйдет из своей мужской пещеры. Он не помнил, по какому поводу, но из того, что он пытался прочесть, выходило, что это полная ерунда.

Джейн снова постучала.

У него было достаточно времени, чтобы снова перейти на страницу сайта своей компании, прежде чем она обхватила его за шею и поцеловала в макушку.

Он невольно сгорбил плечи. Он спрятал свою работу, представляя, что ее заинтересовало то, что он увидел на экране.

Она заинтересовалась, потому что прокомментировала, что Facebook открыт в другом окне. Он чувствовал себя полным ничтожеством, тратящим время в воскресный день на просмотр Facebook. Или, говоря по-другому, он чувствовал себя придурком, если Джейна решила, что в воскресный день он предпочел бы провести время за просмотром «Фейсбука» - вместо того, чтобы провести время с ней. Это было совсем не так, и он хотел, чтобы она была в этом уверена.

Но в то же время он подумал, что, возможно, что бы она ни думала, в данный момент это спорный вопрос.

Он небрежно пролистал свою рабочую почту, делая вид, что очень занят, когда на экране появилось окно обновления статуса. Он быстро закрыл его, желая, чтобы Джейн ушла.

«Ты скоро будешь готов к отъезду, милый?» спросила Джейн.

«Конечно, дай мне пять минут», - ответил он и, когда она подошла к двери, добавил: »Или, может быть, десять?»

«Хорошо, пусть будет десять, но тебе действительно нужно сегодня подышать свежим воздухом. Да и мне тоже. К тому же я подготовлю поводья для Бадди, и он тоже может пойти с нами».

«Хорошая идея», - сказал он, прекрасно понимая, что Бадди с нетерпением ждет прогулки больше, чем он сам.

***

Достаточно сказать, что их вылазка за дверь длилась недолго. Она привела в торговый центр. Толпы людей. Заработок. Тратящие время. Геморроидальные Н-еры следующей недели. Он улыбнулся, но не посчитал нужным поделиться своей шуткой с Джейном.

Джейн предложила все убрать, и он позволил ей.

Ему хотелось и нужно было попасть в свою нору и закрыть дверь. Оказавшись внутри, он стал похож на черепаху, накинув рубашку на голову. Так он и сидел, ища успокоения и тишины, пока не успокоился настолько, чтобы снова приступить к исследованиям.

Когда он снова поднял голову, то услышал, как Джейн готовит ужин. Она напевала себе под нос что-то из старых радиоприемников. Он представил себе, как Джейн сидит у плиты, а Бадди терпеливо ждет, пока ему принесут пару кусочков.

Таков был Бад-мистер. Он всегда ждал, и, глядя на него такими добрыми глазами, вы просто обязаны были ему что-нибудь подкинуть. Ему будет очень не хватать этой собаки.

Он пару раз хрустнул костяшками пальцев, как профессиональный пианист. Затем провел пальцами по клавиатуре. Поиск Google. Но то, что появилось на экране, совершенно не походило на то, что он видел раньше!

Это было онлайн. Там были настоящие видеозаписи, на которых люди делали это. Делают! Посмотрев первый ролик, он почувствовал себя почти как человек на видео. Его сердце бешено колотилось, пульс участился. Он не мог поверить, что один лишь просмотр видео может вызвать такую реакцию.

Кто-то должен пожаловаться на это, подумал он, а затем: «Я должен пожаловаться на это». Но он не собирался этого делать. Он посмотрел еще один, и еще, и еще. Каждый раз ему казалось, что он сам является объектом интереса. Каждый раз сердце едва не выпрыгивало из груди.

Он выключил его. Это было слишком. Слишком, слишком!

Он продолжал снова и снова проигрывать в голове увиденное. Он не мог от этого оторваться. И чем больше он думал об этом, тем больше пугался. Чем больше он пугался, тем больше ослабевало его мужество, пока он не засомневался, сможет ли он пройти через это.

Все дело было в глазах. В глазах жертв, охваченных паникой!

Он проанализировал их выражения лиц. Решил, что они выглядят так, потому что, в отличие от него, не проводили никаких исследований.

Он решил, что они просто приняли решение и пошли на это. Эта идея была ему не по зубам.

Это было слишком рискованно, а что, если они передумают?

Что, если он сам передумает в последнюю минуту?

Он не хотел, чтобы это случилось с ним.

Он определенно отличался от них.

Может быть, он был слишком осторожен.

Может быть, он был слишком скучным и занудным, чтобы изменить свою жизнь и взять ее в свои руки. Все из-за того, что он так долго находился во власти корпоративной беговой дорожки. Он и все остальные хомячки. Он и все остальные хомячки.

Он ненавидел свою жизнь. Да, он любил Джейн, любил Бадди, но жизнь - это не только работа и постель.

Да, заниматься любовью было приятно, и обниматься было приятно. Друзья, семья и вся эта эмоциональная чехарда - тоже. Но жизнь должна была предложить нечто большее. Просто обязана! И он собирался протянуть руку и схватить это кольцо, пока не стало слишком поздно.

Потому что он знал: если он не сделает что-то, чтобы его существование на этой планете стало чем-то значимым в ближайшее время, то он мог бы и не быть здесь.

Он закрыл ноутбук, опустил голову и заснул.

***

Во сне у него не было ног. Он был только головой и туловищем, сидел за столом и печатал. У него не было и специального стула. Во сне он сидел на том же стуле, что и всегда, с валиками на ножках. Когда он печатал, вибрация пальцев, двигавшихся по клавиатуре, заставляла его туловище смещаться и раскачиваться. Поскольку у кресла не было подлокотников, туловище наклонялось в сторону той руки, которой он печатал. Это было странно, но он не боялся упасть набок. Он чувствовал себя бесстрашным и, как ни странно, вдохновленным.

Затем где-то на заднем плане начала громко звучать песня. Это был Моцарт, Бетховен или кто-то из классических композиторов. Что-то в его голове заставило его захотеть постучать пальцами по ноге - но пальцев у него не было. Он проснулся и издал крик.

Прибежали Джейн и Бадди, распахнув дверь. «У тебя на щеке отпечаток яблока», - сказала Джейн, когда поняла, что с ним все в порядке.

«Извини», - сказал он.

«Ужин почти готов», - сообщила она ему.

«Хорошо», - сказал он.

Она сделала движение, чтобы закрыть за собой дверь, но он сказал, что можно оставить ее открытой. На ее лице появилось недоуменное выражение, но она больше ничего не сказала.

Как только он присоединился к ней на кухне, он пошел к холодильнику за пивом. Они поужинали в приятной, но немногословной обстановке. Они любили друг друга, но иногда любви было недостаточно.

Недостаточно, когда Джейн узнала, что не может иметь ту семью, которую хотела. Она проходила тест за тестом, и казалось, что все идет хорошо. А потом его проверили, и их надежды и мечты рухнули. У него не было достаточно здоровых пловцов. Тогда-то и умерла всякая надежда на создание семьи.

Поначалу она отнеслась к этому благосклонно. Это было похоже на облегчение, потому что проблема была его, а не ее, и это было прекрасно, но это каким-то образом заставило его почувствовать себя меньше мужчиной. Он никогда не говорил с ней об этом. И ни с кем другим, если уж на то пошло.

После первоначального шока они рассматривали другие варианты, такие как усыновление, ЭКО или суррогатное материнство. Ни один из этих вариантов его не привлекал. В глубине души он чувствовал, что Джейн заслуживает кого-то лучшего, чем он. Того, кто мог бы дать ей все, что она хотела.

Как раз в это время они с Джейном ехали откуда-то домой и заметили приют для животных. Бездомные собаки и кошки. До этого пара не рассматривала вариант приюта.

«Мы могли бы взглянуть», - предложила Джейн.

«Думаю, это не повредит», - согласился он.

Как только они вошли в приют, лай и мяуканье поразили их. К болтовне присоединились два какаду.

Он почувствовал клаустрофобию и захотел выбраться наружу.

Джейн заговорила с одним из какаду, и, похоже, им понравился тон ее голоса. Она посмотрела на него с надеждой.

«Я не согласен с тем, что птиц сажают в клетки», - сказал он.

«Хммм», - сказала она, направляясь к кошкам. «Их так много», - заметила Джейн. «Будет трудно выбрать».

«Я бы предпочел собаку», - сказал он.

«Хммм», - повторила она.

Таким образом, блуждания по приюту привели их к Бадди. Тогда его звали не Бадди.

Сотрудники приюта назвали его Бастером, и в приюте он находился чуть больше месяца. Это был большой клубок меха, с лапами, слишком большими для его тела. Он неуклюже пробирался к ним. Спотыкался и падал. В то время как выгуливающий собаку человек безуспешно пытался его обуздать. Но у Бастера словно был один путь.

Он направился прямо к ним. Он распростерся на земле у их ног. Собака смотрела прямо ему в глаза, и не было никаких сомнений в том, что Бастера усыновят в тот же день.

«Могу я переименовать его в Бадди?» - спросил он.

«Не знаю, попробуйте», - предложил собаковод.

«Иди сюда, Бадди», - сказал он. «Иди сюда, мальчик».

Бадди навострил уши и прыгнул к нему на руки. В тот день они стали семьей из трех человек, и с этого момента их жизнь вращалась вокруг Бадди.

У него до сих пор слезятся глаза, когда он вспоминает этот момент. Он будет скучать по Бадди, и ему будет не хватать Джейна, но они справятся с этим. Со временем они пойдут дальше и станут лучше.

По крайней мере, именно так он говорил себе.

Вечером они легли спать в одно и то же время. Она читала книгу, и он пытался читать, но ничто не могло удержать его внимание. Поэтому он просто думал и смотрел, думал и смотрел. Когда Джейн заговорила с ним о книге, которую читала, он кивнул, но на самом деле не слушал. Да она и не ждала от него этого. Бадди лежал в конце кровати и храпел задолго до них.

Когда она засыпала, он вставал и принимался шагать. Он не позволял Бадди ходить с ним, потому что его лапы, стучащие по коридору, могли разбудить Джейн. В какой-то момент ночью он решил, что поступил опрометчиво. Он говорил себе, что ему просто нужно пережить еще одну неделю на работе, а потом все само собой образуется.

Он тянул время, это он знал, но ничего не менялось.

Это было неизбежно.

***

Наступило утро понедельника, и прозвенел будильник.

Он проводил Бадди и съел тост с маслом. Выпил чашку кофе и, поцеловав на прощание Джейна, поехал в офис. Он просидел в пробке двадцать минут. Он слушал новости и разговоры, пока не захотел тишины. Он глубоко вдыхал, наблюдая за тем, как машины проносятся вперед каждые несколько мгновений.

«Почему я каждый день стою в пробках, чтобы добраться до работы, которую ненавижу?» - спрашивал он себя вслух.

«Почему я такой нытик?» - ответил он другим вопросом.

Потому что тебе нужно что-то делать, - сказал голос внутри его головы. Тебе нужно всколыхнуть свое сердце. Тебе нужно стать бесстрашным. Ты должен пописать или слезть с горшка!

Легче сказать, чем сделать, подумал он. Легче сказать, чем сделать.

В офисе он поприветствовал секретаршу, которая сказала, что босс ждет его внутри.

«У нас назначена встреча?» - спросил он, прокручивая расписание в телефоне.

«Нет», - подтвердила она.

Он почувствовал, как на лбу выступили капельки пота, когда вошел в свой кабинет. Его босс встал, они обменялись приветствиями и пожали друг другу руки, как будто встретились впервые в жизни.

Странно, подумал он, ведь я работаю здесь уже семь лет.

«Садитесь, - сказал его начальник. Это прозвучало как прямой приказ, и он так и сделал, хотя находился в своем собственном кабинете. На своей территории.

«Чем могу быть полезен, сэр?» - спросил он.

«До меня дошло, что в последнее время вы проводите довольно много времени - нет, я должен быть с вами откровенен - довольно много времени в Google. Вы не привлекли ни одного нового клиента. Честно говоря, я... мы, как фирма, знаете ли, беспокоимся, потому что вы не справляетесь со своими обязанностями. Не тянете свою нагрузку. »

Он замешкался на несколько секунд. Его рот открылся, но затем он закрыл его, ничего не сказав.

«Что ты можешь сказать в свое оправдание?» - спросил его босс, - »Какие-нибудь объяснения?»

«Я... нет», - заикался он. «Я просто...»

«Выкладывай, парень», - сказал босс. «Должно же быть какое-то объяснение!»

Он только покачал головой.

«Может быть, у тебя семейные проблемы?»

«Нет».

«Алкоголь? Наркотики? Смерть в семье? Развод?»

Он покачал головой: «Нет». Если бы только это было правдой!

«Да ладно, мужик», - сказал его босс, все больше раздражаясь. «Дай мне что-нибудь для работы. Что угодно!»

«У меня был сильный стресс. Очень сильный стресс».

«Да, вот так, парень. Я знаю, что застал тебя врасплох, неожиданно ворвавшись в твой кабинет, но теперь ты понял, что к чему, мой мальчик. Расскажи мне больше. Чем мы можем вам помочь? Я имею в виду себя и партнеров».

«На самом деле я не знаю», - сказал он. «Думаю, будет лучше, если вы меня уволите».

«Так, так, кто говорил о том, чтобы уволить вас? Мы еще не дошли до этого. У тебя за плечами семь - считай, семь - хороших лет работы здесь. Ну, давайте будем реалистами - скорее всего, шесть с половиной, - но вы ценный член нашей команды. Мы хотим помочь, если вы позволите. Чем мы можем помочь, мой мальчик?»

«Если вы не хотите меня увольнять, не могли бы вы рассмотреть возможность отпуска? Может быть, месяц отпуска? Без содержания - это хорошо. Я не возражаю. I-»

«Без содержания, вы говорите. Нет необходимости уходить без зарплаты. Я сегодня же подготовлю все документы. Назовем это «Стрессовый отпуск». Один месяц с полной оплатой. Возьмите свою жену и Бадди и отправляйтесь куда-нибудь в отпуск. Расслабьтесь». Он встал, облокотился на стол, и они снова пожали друг другу руки.

«Спасибо, сэр», - сказал он. «Спасибо. Правда.»

«Хизер даст вам подписать бумаги до конца дня. Поработайте сегодня, доделайте все, что сможете, а остальное перепоручите кому-нибудь другому. Я разошлю по всей компании сообщение о том, что у вас будет месяц отпуска - но мы, конечно, не скажем, почему». Он коснулся своего носа, как бы подтверждая их общий секрет. «Это останется между нами».

Он встал и проводил босса до двери. Босс похлопал его по спине.

«Береги себя и не волнуйся о том, что здесь происходит. Мы будем держать оборону до вашего возвращения».

«Еще раз спасибо, сэр», - сказал он и даже сумел на мгновение улыбнуться.

Затем он сел за компьютер и снова вернулся к своим исследованиям. В конце дня все собрались вокруг него. Он надеялся, что они не купили ему подарков. Они и не купили.

Это были хорошие проводы. Он упаковал все свои личные вещи в сумку и почувствовал огромное облегчение, когда вернулся в машину.

Как обычно, он приехал домой раньше Джейна. Он вывел Бадди на прогулку по кварталу, а затем вернулся к компьютеру. Он просмотрел свое завещание и решил внести в него некоторые изменения.

Джейн по-прежнему оставалась единственным благотворителем. Он решил оставить кое-что приюту для животных, где они нашли Бадди. Это была хорошая сумма - на эти деньги можно было помочь многим бездомным животным, и, кроме того, его жизнь должна была что-то значить.

«Иди сюда, Бад», - сказал он. «Теперь ты должен присматривать за Джейном, хорошо? Я на тебя рассчитываю».

Бадди подскочил и положил лапы ему на плечи. Они обнялись. Он вытер слезы с глаз.

Вместе они пошли на кухню. Он наполнил миску Бадди едой, потом пустил из крана прохладную воду и наполнил миску водой.

Бадди сразу же направился к еде, но он поймал его, чтобы еще раз обнять. Сдерживая рыдания, он прошел в спальню и начал собирать сумку на ночь. Он положил в нее самое необходимое, оставил паспорт на столе, а затем сел писать Джейну записку.

Она гласила:

Дорогая Джейн, я люблю тебя больше всего на свете, но мне кажется, что тебе будет лучше без меня. Пожалуйста, позаботься о Бадди ради меня. Прости, что так получилось, но я дал обет сделать тебя счастливой, и это единственный способ.

ХОХО бесконечность.

Твой любящий муж.

Пока он ехал по шоссе Принцесса думала о том, о чем жалела больше всего. Он не следовал своим мечтам. Он не позволил Джейну осуществить свою. В первые дни они были силой, с которой приходилось считаться. Но теперь все было по-другому. Она хотела путешествовать, летать, взлетать и делиться приключениями вместе, но он всегда уклонялся.

Он жалел, что боялся. Он ненавидел себя за этот страх.

Из-за него он чувствовал себя неполноценным мужчиной. А когда у него не оказалось достаточного количества пловцов, это стало той самой соломинкой, которая сломала спину верблюда.

Тогда он начал сомневаться во всем. Зачем он был помещен на землю? Каково его предназначение?

Как он может изменить ситуацию?

Он вспомнил то утро, когда в последний раз поцеловал Джейн. Конечно, она этого не знала, но он знал. Даже если бы ему не дали месяц отпуска, он не собирался возвращаться завтра ни за что. Нет, у него были другие планы. Другие места, где нужно побывать. Другие дела.

Впервые за долгое время у него появилась цель.

Тогда ему пришлось остановить машину, чтобы съехать на обочину. Он едва успел выбраться из машины. Его руки тряслись, когда его тошнило. Нервы. Страх. Злость. Унижение. Все это бурлило в его организме, не давая ему покоя.

Когда он забирался обратно в «Лексус», зазвонил телефон. Это была Джейн. Он нажал на кнопку, чтобы звонок прекратился, и отправил вызов на голосовую почту. Через несколько минут на телефоне высветилось сообщение. Он нажал на кнопку, чтобы прослушать его.

«Я только что вернулся домой и нашел твою записку... Я не понимаю. Мы с Бадди ничего не понимаем». Как по команде, Бадди залаял. «Приходи домой, ладно? Приходи домой, и мы сможем поговорить об этом. Обсудим». Она фыркнула. «Ты здесь? Ты слушаешь? Слушай!» Голос Джейна затих на несколько секунд. Сообщение затянулось. Она перезвонила снова. «Я знаю, что ты, черт возьми, слушаешь, ты, ты... я люблю тебя. Ответь мне!»

Он повесил трубку, выключил телефон и положил его в бардачок. Они найдут его там - потом.

Отъехав от обочины, он заставил колеса своей машины завизжать. Он завел двигатель, нажал на педаль газа и помчался прочь.

Он провел за рулем почти всю ночь. Его не покидала паранойя, что Джейн может вызвать полицию, но ничего не произошло. Он надеялся, что она не будет слишком сердиться на него.

Обратной дороги не было.

Да он и не хотел.

В конце концов, он добился всего, чего хотел, - всего, чего мог.

***

Стоя на вершине горы, его колени неудержимо тряслись. Он столкнул несколько камней с края и наблюдал, как они кувыркаются по дороге к подножию. Он слушал, как они падают вниз, щелкая и разбиваясь о камень. Наконец он услышал лишь слабый плеск, и наступила тишина.

Отсюда открывался потрясающий вид - Голубые горы, и теперь все, что он читал о них, имело смысл. Стоя здесь, на вершине, ты ощущал себя маленьким, но частью чего-то большего, чем ты сам. Ты чувствовал себя единым целым со Вселенной, и почему-то не испытывал страха.

В этот момент группа шумных какаду дала ему знать о своем присутствии. Их громкие, высокочастотные крики заставили его заткнуть уши.

Ты не должен этого делать, сказал он себе. Тебе не нужно никому ничего доказывать. Ты можешь развернуться и вернуться домой к Джейну и Бадди, и никто ничего не узнает. Джейн поймет, если ты просто объяснишь ей, что произошло в офисе. Она полностью поймет и поддержит.

Он еще минуту размышлял об этом, наблюдая за тем, как облака прокладывают себе путь по небу.

Правда заключалась в том, что он не мог жить с самим собой. С постоянным страхом. Это было слишком, чтобы отбросить его и вернуться домой, притворившись, что ничего не произошло. Если бы он сдался сейчас и вернулся к прежней жизни, то не смог бы смотреть на себя в зеркало. Он перестал бы быть мужчиной. Он был бы никем. Его жизнь ничего бы не значила.

«Сейчас или никогда», - сказал он.

И когда настал момент, он больше не думал об этом.

Впервые в жизни он был полностью готов.

Он подошел ближе к краю и просто позволил своему телу упасть вперед, начиная с головы. Это было легко благодаря крутому спуску. Вскоре его плечи, торс и ноги поплыли вниз в идеальной синхронности.

Он закричал. Он не мог сдержаться. Он крепко зажмурил глаза и сосредоточился, пока ветер швырял и тряс его, как марионетку.

Он заставил себя открыть глаза и словно полетел.

Он чувствовал себя невесомым, и казалось, что ему суждено быть именно таким - парить. Он засмеялся, погружаясь на дно, как камень.

Через несколько минут все было кончено.

«Совершенно сумасшедший!» - воскликнул он, повиснув вниз головой на конце троса тарзанки.

«Опять! Снова!» - кричал он, когда его подтягивали обратно.

ПРОЩАЙ

«Расскажи мне историю о том, как ты впервые встретила папу», - попросила моя семилетняя дочь, хотя она слышала эту историю уже много-много раз.

«Ты уверена, дорогая?» спросила я, прекрасно зная, что она ответит.

«Пожалуйста!» - сказала она, глядя на меня своими большими голубыми глазами, которые она унаследовала от папы.

«Длинную или сжатую версию?» спросил я, убирая с ее глаз прядку волос.

«Длинная!» - сказала она, аплодируя так, будто никогда не заснет.

«Шшш», - сказал я. «Хм, а с чего все началось?»

«До свидания«, - сказал папа», - ворковала моя дочь.

«Именно так, дорогая», - ответила я, опустив ту часть, где ее папа прижимал меня к дверце машины.

Я схватила сумочку, просунула руку через ремень и, навалившись на дверь, как полузащитник, толкнула ее. Переступив через правую туфлю на высоком каблуке, я не сразу поняла, что мы остановились рядом с лужей глубиной по щиколотку. Прежде чем мой мозг успел осознать это, чтобы не наступить в нее левой ногой, она уже наступила. Тем не менее я собиралась выбраться и уйти, независимо от того, какой урон это нанесло моим любимым туфлям.

«О, - сказала я, уже полностью выйдя из машины и стоя спиной к водителю.

«Тогда ты наступила в лужу!» - завизжала моя дочь.

«Да, и твой папа захихикал, отъезжая на заднем колесе, в результате чего содержимое лужи выплеснулось на меня. Я смахнула грязную холодную вонючую воду, стряхивая ее, пока она не осела на платье. Другой рукой я подняла средний палец в сторону отъезжающего автомобиля».

Я остановила себя, забыв вырезать эту часть.

«Почему ты это сделала?» - начала моя дочь.

«Неважно, - продолжила я, - как раз вовремя, чтобы заметить, как моя сумочка подпрыгивает рядом с машиной. Ах! Эта черная сумочка подарила мне десять лет счастья, потому что она подходила ко всему и в любой ситуации. Двойного назначения, ее можно было носить как через плечо, так и через плечо и через грудь. В ней были отделения для всего, включая мой телефон».

«О нет, ваш телефон!» - воскликнула она.

«Да», - сказал я, улыбаясь. «Как же я собирался выбраться из этой передряги? Важнее то, что вам интересно, как я вообще дошел до такого состояния. К этому я перейду через минуту, но сначала я должен оценить свою ситуацию. Подвести итоги и взять себя в руки. Во-первых, я слил воду из ботинок, когда сошел с дороги, прошел по росистой траве и вышел на тротуар. Я снова надел туфли, предпочтя влагу любым жутким ночным гадам, которые могли затаиться поблизости, и направился к ближайшему фонарю.

«Теперь, положив руки на бедра в позе Чудо-женщины, я приступила к разработке плана, как выбраться из той передряги, в которую я попала».

«Это был хороший район», - сказала она.

«Ухоженные газоны, ни сорняка, ни машины - все они были надежно спрятаны в своих двойных или тройных гаражах. Хорошие дома, в них живут хорошие люди. Верно? Итак, я без промедления решил выбрать дом, постучать в парадную дверь и попросить о помощи. Я выбрал дом под счастливым номером семь и направился к нему. По дороге».

«Ты пожалела себя, мамочка».

«Конечно, жалела. Я не заслуживала того, чтобы оказаться посреди незнакомой местности, поздно ночью, мокрой, вонючей и без гроша в кармане. Когда я приблизилась к избранному месту, номеру семь, воздух наполнился жужжанием, а затем - звуком автоматического разбрызгивателя. Сначала я не побежала, я уже была мокрой, но когда поток воды направился на меня, я с криком бросилась бежать. Теперь мое лицо было мокрым от невыплаканных слез, когда я пересекала лужайку дома, который, как я надеялась, спасет меня. Номер семь».

«Мамочка, ты никогда не должна разговаривать с незнакомцами», - сказала моя дочь.

«Верно, дорогая, но я была в беде, мокрая и без телефона. У тебя всегда с собой телефон, и в нем есть номера папы, бабушки и тети Лил».

«А я знаю твой, папин и бабушкин номера в голове».

«Правильно, детка. Итак, вернемся к рассказу. Ты еще не устала?»

«Нет, я все еще жду самого интересного!»

Я продолжила: «Теперь, когда я здесь, мне стало интересно, который час. И мне стало интересно, есть ли кто-нибудь дома. А если дома, то помогут ли они мне. Я был мокрый, грязный, и у меня не было документов. Моя уверенность в себе уменьшалась с каждым мгновением, когда я повернулся, прислонившись к дверному звонку, который резонировал сверху донизу в доме, пока свет мерцал и выключался. И я побежал. Туда, где меня высадили. Знакомая территория. Я дошел бы до магазина на углу, где у них был бы телефон, которым они разрешили бы мне воспользоваться, и я мог бы позвать на помощь и послать им деньги за звонок. Да, именно так я и собирался поступить, пока рядом со мной не проехала машина, и внутри я узнал дружелюбное лицо. Меня действительно спасли!»

«Это была тетя Лил!» - ворковала моя дочь, и, конечно, она была права.

***

«Ехав в машине с Лил, я вспомнила о своей безответной любви к Джасперу Уинтерсу. Я наблюдала за ним издалека: его светлые волнистые волосы, голубые глаза, нос с россыпью веснушек. Он был таким милым, таким заботливым. Он постоянно встречался то с одной, то с другой девушкой, и мои друзья говорили мне, что моя одержимость им приближается к стадии преследования. Именно поэтому я согласилась пойти наперекор тому, от чего всегда отказывалась, - пойти на свидание вслепую с совершенно незнакомым человеком. Да, это был тот самый парень, который сейчас держал в заложниках мою сумочку. Его имя: Адам Трент».

«Мой папочка!» - ворковала она. «Это самое лучшее».

Я улыбнулась.

«Наша первая встреча состоялась сегодня в фуд-корте торгового центра. Место встречи было согласовано, и оно было в общественном месте. Там, где мы могли бы поболтать, где вокруг нас было бы много движения. Такая обстановка позволила бы снять напряжение. Сделать промежутки, когда нам не на что смотреть, менее тоскливыми. Есть ли вообще такое слово? Не знаю, но суть вы уловили. Через нашего общего друга мы договорились, что это возможность узнать друг друга лицом к лицу. Если связь была установлена, мы заранее договаривались о следующей встрече, которая включала в себя либо поход в кино, либо ужин. Следующий шаг делался только в том случае, если мы оба чувствовали связь. В противном случае мы оба соглашались, что это hasta la vista baby! Адиос и доброе избавление! Если бы я только знала тогда то, что знаю сейчас! Тогда бы я не оказался в таком положении. Но, как говорится, ретроспектива - это 20/20. Когда я впервые увидела его напротив фуд-корта, он не был тем парнем, который выделяется в толпе. Мне сразу понравилось то, что он слился с толпой, как и я, и когда я произнесла его имя, Адам Трент, на своем языке, оно подошло ему, и я сразу расслабилась».

«Любовь с первого взгляда», - воскликнула моя дочь.

«Так и было», - сказала я. «После того как мы представились друг другу, толкнулись локтями, поскольку оба были в обязательных масках, он спросил, что я хочу выпить, и отправился за кофе. Он правильно понял мой заказ: сливки и один кусочек сахара, что показало мне, что он хороший слушатель, и я почувствовала надежду. Пока мы сидели и потягивали кофе, мы болтали с чувством знакомства, как будто были не просто знакомыми, а ближе к друзьям. Он смеялся, но не слишком громко. Я ненавидела людей, которые смеялись очень громко, привлекая к себе внимание. Адам не был таким. Он был внимательным, добрым, понимающим, и общение с ним казалось нормальным. Или, лучше сказать, новой нормой, поскольку мы свободно общались, надев защитные маски. И все же, думаю, я не ошиблась бы, если бы кто-нибудь наблюдал за нами, и ему было бы ясно, что мы чувствуем себя комфортно в обществе друг друга. Мы легко переходили от одной темы к другой, и вскоре он сообщил мне, что осенью будет поступать в университет. Я довольно неуклюже сообщила ему, что беру годовой отпуск. Я не стал уточнять, что мне нужно заработать денег, прежде чем я смогу вернуться. Это было слишком много информации, и ему не нужно было знать обо мне. Я также не сказала ему, что выиграла стипендию, чтобы изучать классическую английскую литературу».

«Я надеюсь изучать литературу двадцатого века», - сказал он.

«Ого!» воскликнул я. - «Я хочу изучать классическую английскую литературу!».

«С такой общей любовью к литературе мы бы легко нашли общий язык, верно? У нас был бы мост из одной литературной страны в другую. Он открыл бы для себя моих любимых авторов, а я - его, и мы жили бы долго и счастливо. Так думала одна часть меня. Другой частью я слушал, как он воспевает дифирамбы своему любимому автору, подобному богу, - Курту Воннегуту. Он продолжал восхвалять и превозносить все, что касалось его выбора величайшего романа всех времен - «Бойня номер пять»».

«Пока он не зашел слишком далеко», - укорила меня дочь.

«Да, слишком далеко. На самом деле, так далеко, что мне ничего не оставалось, как защищать истинных мастеров, таких как Шекспир, Диккенс и Твен, чьи произведения выдержали испытание временем». После того как его лицо вернуло себе нормальный цвет, он ввернул в беседу несколько воннегутовских изречений, например: «Только в книгах мы узнаем, что происходит на самом деле».

«Это была битва книг!» - сказала моя дочь.

«Да, и наш первый спор. Я сказал: «Вот уж кто говорит об очевидном!», а в ответ услышал слова Марка Твена: «Лучше держать рот закрытым и позволить людям считать тебя дураком, чем открыть его и устранить все сомнения». Я где-то читал, что Твен был одним из любимых авторов Воннегута. Во всяком случае, это была одна из его положительных черт.

«Он встал, протянул руку через стол и поцеловал меня долго и крепко, от маски до маски. Прямо здесь, посреди фуд-корта. Это было сделано в ответ на то, что я схватила его за руку, когда он сказал, что Воннегут - это Шекспир нашего времени. Он сказал это с такой убежденностью, от сердца и души, что почти заставил меня поверить в то, что это правда».

«Ты их целовал! Фу!» - сказала она, прикрывая лицо.

«Поцелуй, хоть и резкий и неожиданный, был жарким, несмотря на то что между нами были маски. Мы не заметили, как на нас уставились другие в фуд-корте, - мы позволили этому продолжаться слишком долго. Оторвавшись друг от друга, мы снова сели и разразились хохотом. Мы тут же решили посмотреть фильм в торговом центре. По дороге в кинотеатр эта связь ослабла. Если бы нам нравились одни и те же фильмы, мы могли бы возродить эту связь? Тогда все не было бы потеряно? Мы поболтали о фильмах, которые ему нравятся, и решили, что последний фильм Тома Круза подойдет нам обоим - но он уже начался, так что это был отказ. Мы не могли договориться ни об одном другом фильме.

«Давай просто перекусим», - предложил он.

«К тому времени было уже почти десять - я тоже проголодался. Мы пили только кофе, и то давно, и уже давно чувствовали запах попкорна».

«Я не против», - сказала я.

«В торговом центре или вне его?» - спросил он.

«Я сказал, что нам нужно подышать свежим воздухом, и мы вышли из торгового центра на многоуровневую парковку. Мы бродили по ней более тридцати минут, пока он не сказал мне, что не помнит, где припарковался.

«Тогда вы сняли обувь».

Воннегут сказал: «Мы - то, чем мы притворяемся, поэтому мы должны быть осторожны в том, чем мы притворяемся». Он сделал паузу. «Вы не очень-то леди, не так ли?»

«Вы мужчина?» спросила я, цитируя леди Макбет. Тут же мне стало не по себе от этой цитаты, и я быстро сменила тему: «А как насчет карты? Ну, знаете, где вы платите? Разве там не написано, на каком уровне вы припарковались?»

«Я знаю, что припарковался на ЭТОМ уровне», - сказал он, продолжая нажимать на кнопку на своем брелоке и ожидая ответа, как птица, зовущая своего товарища. Когда машина и брелок наконец нашли друг друга, было уже около 11 часов вечера.

«Находясь в машине, с лестницами, идущими по обеим ногам и черными ступнями, я глубоко вздохнул и попытался расслабиться. Еда определенно поможет мне и, надеюсь, ему тоже. Еще не поздно было начать все сначала. Мы так хорошо ладили до этой литературной стычки. Пристегнув ремни, он надавил ногой на пол, и мы поехали, объехав парковку и выехав на улицу. Мы ехали довольно долго, слушая музыку в стиле кантри. Он подпевал, а я боролась с желанием сказать: «Иппи-ки-яй!».

«Итак, какую еду ты любишь?» «спросил он после того, как мы прослушали по радио последнее предложение о тако-забегаловке».

«Я больше не голодна», - ответила я, подумав, что он, учитывая своевременность предложения, хочет отвести меня в тако-заведение. Я ненавидела тако. Как вообще можно было есть тако, когда повсюду валяется мясо и всякая дрянь, вписываясь в его женские критерии? Я не хотела этого знать. В основном от злости я сказала: «Шекспир - король литературы, а Воннегут по сравнению с ним - просто шут».

«А потом папа хлопнул по тормозам».

«Мы были единственной машиной на окраине - в глуши, и это история о том, как мы с твоим папой впервые встретились», - сказала я, вставая и укладывая дочь. Она потянулась, зевнула и через несколько минут уже крепко спала. Я закрыла дверь на выходе и пошла в нашу комнату.

ДВАДЦАТЬ

Когда умерла тетя Джин, на похороны пригласили всего двадцать гостей, не входящих в наш семейный круг. Это число было ограничено из-за пандемии. Социальное дистанцирование и маски были обязательны в течение всего дня. Это касалось и службы в похоронном бюро, и погребения, и трапезы.

Поскольку тетя Джин знала, что ее жизнь подходит к концу, она лично выбрала двадцать гостей, прежде чем покинуть этот безумный мир.

По семейной традиции она по-прежнему хотела открытый гроб. Правда, с новым пожеланием. Она хотела, чтобы на ней тоже была маска. У тети Джин всегда было странное чувство юмора.

«Как, черт возьми, я смогу произнести подходящую надгробную речь? Такую, какой заслуживает моя сестра…

когда на мне одна из этих дурацких масок!» - спросил младший брат Джин, Марвин.

Напротив Марвина сидел его второй кузен Фрэнк. Он затянулся сигаретой и глубоко задумался, прежде чем ответить.

«У них будет микрофон, и этого будет достаточно».

Любимая племянница тети Джин, Мэри, которая была на кухне и готовила чай, воскликнула.

«Он будет регулироваться, микрофон, я имею в виду, под твой рост. Так что ты сможешь быть уверена, что твой рот», - она вытерла руки о фартук и, устав от криков, вошла в гостиную. Остановившись на полуслове, она поняла, что забыла принести чай, и быстро удалилась. Вернулась с перегруженным подносом, который дребезжал при каждом шаге.

Фрэнк и Марвин все еще смотрели в ее сторону с открытыми ртами, ожидая, когда она закончит свое предложение.

«Располагается прямо перед ним», - сказала она так, словно между первой и последней фразой не прошло и минуты. Теперь, произнеся это, она поняла, что от тяжести подноса у нее дрожат руки. Она наклонилась и осторожно опустила его на стеклянный столик. «Спасибо за помощь», - добавила она тоном, в котором чувствовался сарказм, и опустилась на корточки, чтобы приготовить напиток.

Марвин и Фрэнк и пальцем не пошевелили. Что было нормально для них двоих. Женщина занималась женскими делами, а мужчина - мужскими.

Она наполнила кастрюлю, затем открыла новую упаковку шоколадного печенья, которую приберегла для компании. Они с тетей Джин всегда держали в буфете коробку с любимым печеньем, но никогда к нему не притрагивались. Обе знали, что если откроют, то съедят всю коробку, поэтому доставали их только в компании.

Молодая женщина и тетя Джин всегда были озорными и сговорчивыми. Вспомнив, что тетя была приверженцем презентаций, она разложила печенье по тарелке. Она подумала, не наблюдает ли за ней тетя Джин с высоты. Она вздохнула, даже сейчас чувствуя, что часть ее самой отсутствует.

Марвин не был полностью вовлечен в процесс. Вместо этого он смотрел в окно, размышляя о том, что ему придется надеть маску. Фрэнк затягивался новой сигаретой, которую он зажег сразу же после того, как прогорела вторая.

Марвин, наконец обратив внимание на шедевр своей племянницы, поинтересовался: «Что ты там делаешь?»

«Готовлю чай и печенье», - ответила Мэри, помешивая чайник, затем закрыла крышку и взмахнула ею, чтобы поторопить его.

«Тогда возьми стул или что-нибудь еще. Не надо сидеть на корточках, как...»

«Сквоттер», - сказал Фрэнк, смеясь над своей шуткой, поскольку никто больше не смеялся.

«Неважно, теперь все готово», - сказала Мэри. Она наполнила пустые чашки золотистой парообразной жидкостью. Затем добавила молоко и обычно требуемое количество сахара. Сама она сахар не брала. «Хотите шоколадное печенье? Тетя Джин их очень любила».

«Было бы чертовски обидно испортить твой вихревой рисунок», - сказал Марвин, протягивая руку и делая именно это.

«Не для меня», - сказал Фрэнк. «Печенье и сигареты не сочетаются».

Мэри сначала подала Марвину его чашку чая, поскольку он был старшим. Затем она поставила чашку Фрэнка на подставку рядом с его стулом, так как в остальное время он был занят. То есть прикуривал очередную сигарету. Она вздрогнула, когда он положил окурок старой сигареты на блюдце из тонкого фарфора тети Джин.

«Спасибо», - ворковали оба.

Мэри поправила конструкцию из печенья, посмотрела вверх. Затем аккуратно сняла по одному с каждого конца и пересекла комнату, стараясь не расплескать переполненную чашку, пока шла к двухместному дивану. Она избегала садиться на него теперь, когда тетя Джин не сидела рядом с ней. Ей казалось, что без Джина равновесие во вселенной нарушилось.

До того как дни тети Джин были сочтены, они с Мэри чаще всего ужинали на подносах перед телевизором, сидя на двухместном диване и смотря сериал «Улица Коронации». С тех пор Мэри записывала программу, ожидая, когда дух Джин достигнет места, куда она отправится, и они смогут смотреть ее вместе, как делали всегда.

Это было до того, как в доме поселились дядя Марвин и кузен Фрэнк. До того как пандемия заставила родственников, живущих на больших расстояниях, искать себе другое место для жизни. Теперь они образовали свой собственный социальный пузырь, то есть им не нужно было надевать маски, находясь рядом друг с другом. Но через несколько часов им пришлось бы надеть страшные маски на похороны - никто не хотел быть заразителем или зараженным.

«Мне хотелось бы знать, почему Джин будет в маске. Это во-первых», - сказал Марвин. «Во-вторых, почему она пригласила тех родственников, которых пригласила. Некоторые из них не общались с ней или с кем-то из нас уже более двадцати лет. Бог свидетель, Джин пыталась сохранить семью в те времена, когда держаться вместе было само собой разумеющимся».

«Маски обязательны для всех, а Джин хотела быть всеохватной. И да, тетя Джин всегда думала обо всех только самое лучшее», - сказала Мэри.

«Даже когда это было неоправданно», - сказал Фрэнк, прикуривая очередную сигарету и добавляя: „Это блюдце становится довольно полным“.

Мэри поставила чашку с чаем на стол, взяла блюдце и выбросила его в мусорное ведро на кухне. Она нашла в глубине шкафа обломанное блюдце - тетя Джин не разрешала курить в доме, поэтому у нее не было пепельниц - и поставила его на стол рядом с чашкой и блюдцем Фрэнка. Он кивнул.

«Может, кто-нибудь из вас хочет подкрепиться, раз уж я встала?» - спросила она.

Марвин тоже протянул свою пустую чашку. «И еще одно печенье мне бы не помешало».

Мэри взяла два печенья, по одному с каждого конца конструкции, и положила их на блюдце вместе с чайной ложкой, после чего налила чай, сахар и молоко. «Благодарю вас, - сказал Марвин, дуя на чай и делая глоток.

Фрэнк отказался от чая, взмахнув рукой. «Никто из нас не связывался с этими ублюдками, потому что терпеть их не мог. И Джин тоже - во всяком случае, я так думал».

Марвин обмакнул печенье в чай, и оно рассыпалось и сломалось. Он достал его с помощью чайной ложки и втянул в себя размокшее печенье, пока оно не растворилось в воздухе.

«Это печенье не рекомендуется макать в чай», - сказала Мэри, улыбаясь.

«Теперь она говорит мне», - сказал Марвин.

«Хочешь, я принесу тебе другую чашку с блюдцем?»

«Нет, оставайся на своем месте. Вы бегаете вокруг нас, как будто вы наш наемный персонал. Я обойдусь, но спасибо, что спросили».

Мэри улыбнулась и откусила кусочек бисквита. Она наслаждалась тем, как шоколад тает на языке.

Трио сидело молча, возилось с чашками, печеньем и сигаретами, пока Мэри не нарушила тишину.

«Тетя Джин испытывала угрызения совести из-за того, что потеряла связь с людьми. Это тяготило ее сердце, и хотя двадцать гостей - даже когда она связалась с ними - не отвечали на ее звонки и письма, она никогда не списывала их со счетов. Более того, она молилась за них каждую ночь перед сном».

Ее брат был очарован и растерян. «Джин молилась за дядю Дэйва, который практически убил ее, когда она жила у них в детстве во время летних каникул? Для нее это огромная проблема, чтобы простить. Видимо, она стала мягкой в старости».

Мэри стояла, положив руки на бедра: «Тетушка Джин была разной, но одной мягкой она не была. Она бы надрала им задницы, если бы они появились в доме без предупреждения до того, как она заболела - ты же знаешь, она ненавидела, когда люди появлялись без приглашения, - но она хотела помириться, простить и забыть». Слова застряли у нее в горле, как и последнее печенье, которое она только что съела.

Фрэнк встал, пересек комнату и сильно хлопнул ее по спине. Частично съеденное печенье разлетелось по комнате и с шумом упало в чашку с чаем Марвина.

«Разве ты не знаешь, что нужно жевать, прежде чем глотать?» сказал Марвин, возвращая чай на поднос с выражением отвращения.

«Мне очень жаль», - сказала Мэри, собирая все и унося на кухню.

***

Мэри ополоснула чашки и положила все в посудомоечную машину, затем поднялась наверх, чтобы воспользоваться туалетом и привести в порядок лицо. Она плакала и не хотела, чтобы кто-нибудь узнал об этом. Спускаясь по лестнице, она услышала повышенные голоса. Она быстро спустилась вниз.

«Я любил свою сестру больше всех на свете!» сказал Марвин. «Но я не понимаю, почему ее просьба произнести надгробную речь должна быть для тебя проблемой!»

«Ну-ну», - сказала Мэри.

«Я бы просто лучше справился», - сказал Фрэнк. «Меня уже просили, и я был бы менее эмоционален, менее осуждающ».

«Почему ты!» сказал Марвин, подняв в воздух сомкнутые кулаки и размахивая ими, словно пародируя боксера прошлых лет.

Фрэнк пересек комнату, тоже с поднятыми кулаками. Это было похоже на гериатрическую кавказскую версию поединка Али против Формана.

Двое стояли плечом к плечу, глаза в глаза, пока Мэри не начала причитать любимую мелодию тети Джин: «Тише, детка, не говори ни слова, папа купит тебе пересмешника».

Глаза Марвина наполнились слезами, он сжал кулаки и опустился на стул.

Фрэнк застыл на месте, проговаривая слова оставшейся части песни, пока Мэри напевала их. Когда она закончила петь, он прошел через комнату, где ему улыбалась фотография тети Джин в рамке. Он тоже разрыдался.

«Ну вот и все», - сказала Мэри. «Уже почти пора уходить, а мы тут ссоримся».

«Она права», - сказал Фрэнк. «Кроме того, нам понадобится единый фронт, когда появятся эти непутевые канюки».

«Это если они нас не заразят - у нас же пандемия, разве они не знают?»

«Поставщики провизии примут это во внимание. Пока мы находимся в похоронном бюро и на кладбище, они будут обустраивать все здесь в соответствии с правилами социальной дистанции, чтобы обезопасить всех».

«Но этим невеждам все равно придется снять маски, чтобы поглощать еду и пить спиртное - а последнего нам понадобится немало».

«К стыду своему», - ответила Мэри. «Все это было организовано и оплачено тетей Джин». С отвращением, но уже достаточно натерпевшись от них, она удалилась в свою комнату, чтобы переодеться в выбранный ею черный наряд. Мужчины уже были в своих черных костюмах и готовы к выходу.

«Полагаю, они будут использовать пластиковые ножи, вилки и бумажные тарелки», - сказал Фрэнк. «А по всему дому и саду будут расставлены бутылки с дезинфицирующим средством для рук. Нашим родственникам придется зайти в дом, чтобы воспользоваться удобствами, но большая часть процедуры будет проходить на улице в саду».

«Жаль, что Джин избавился от внешних удобств», - сказал Марвин.

Мэри позвонила сверху: «Я забыла сказать, что они нарисуют знаки на траве и/или установят таблички, где люди должны стоять. А что касается удобств, то мы наняли один из этих переносных туалетов. Поскольку их всего двадцать, а нас трое, места должно хватить всем, и очереди не будут такими длинными».

«Вы действительно все продумали!» воскликнул Марвин. «Мы втроем сможем пробраться обратно и воспользоваться крытыми помещениями на q.t.».

Мэри появилась на вершине лестницы, готовая к работе. «Спасибо. У меня было много времени на раздумья, и я хотела, чтобы для тети Джин все было в точности как надо. Мы с ней обсудили все, вплоть до мельчайших деталей. Она хотела избавить меня от необходимости пытаться сделать все в одиночку, пока я буду оплакивать ее потерю».

Марвин погладил волосы на подбородке. «Если бы не эта проклятая пандемия, она хотела бы большего. Она бы попросила устроить обычное сожжение сарая или поминки, чтобы отпраздновать свою жизнь. Это то, что она заслужила!»

Фрэнк сказал: «Так и будет, и мы устроим ей самый лучший праздник - после того как закончится пандемия. Мы пригласим других родственников - тех, кто нам нравится, - и, может быть, даже нескольких местных знаменитостей. Все любили Джину. Мы отправим ее в путь так, как она того заслуживает! Но сейчас мы должны извлечь из ситуации максимум пользы».

Мэри прошлась по комнате, подумывая сесть, но платье помялось бы, и она вернулась на кухню складывать бумажные салфетки. Она предложила сделать столько, сколько сможет, до прихода обслуживающего персонала, зная, что ей нужно будет чем-то себя занять. Она обдумала все, что тетя Джин просила сделать в этот день. Она хотела, чтобы Марвин произнес за нее тост, а после все принялись за еду. Она даже написала, какие блюда хотела бы подать на стол, и выбрала поставщика, который их приготовит. Да, тетя Джин продумала все до мелочей. Повышенные голоса в гостиной привлекли ее туда.

«Джин сказала, что мне достанется львиная доля бизнеса, поэтому она и сделала меня исполнителем своего завещания», - сказал Марвин.

«Она сказала, что я могу оставить дом себе», - сказала Мэри. «Это и мой дом тоже - я прожила здесь с тетей Джин большую часть своей жизни».

«Никто не оспаривает этот факт», - сказал Фрэнк. «Ты отказалась от всего, чтобы быть здесь и помогать Джин, когда никто другой не мог этого сделать. Ты мог бы жениться, завести детей... но ты предпочел семью себе. Это самое меньшее, что она могла сделать, - оставить тебе дом».

Марвин кивнул. Хоть в чем-то они были согласны.

«Я сказал Джину, что мне ничего от нее не нужно», - сказал Фрэнк.

«Будем надеяться, что она тебя проигнорировала», - рассмеялся Марвин, видя, что у обоих наконец-то хорошее настроение,

Мэри вернулась на кухню, чтобы закончить складывать салфетки перед тем, как им придется уехать в похоронное бюро.

Хотя салфетки были сделаны из бумаги, они были нежными и мягкими. Небесно-голубые с розовой полосой в левом углу тоже выбрала тетя Джин. Когда Мэри продолжала складывать салфетки, это происходило автоматически, поэтому она смотрела на сад и позволяла пальцам делать свою работу.

Ее взгляд остановился на недавно посаженных цветах под огромным дубом. Дыхание младенца и розы уже заканчивали распускаться, но их краски все еще были яркими, и они двигались, как старые друзья, танцуя под дуновением ветра.

Когда она складывала последнюю салфетку, ее правая рука погладила живот. Она делала это время от времени, хотя уже много лет не имела ребенка. Тоска не проходила. Тетя Джин не рассказывала об этом ни единой живой душе. Мэри тоже не рассказывала - даже отцу.

И там, под цветами, в тени массивного дуба, покоилось ее дитя. Ее малышка прожила в этом мире не более нескольких минут.

Скоро приедут родственники, все соберутся в доме, который теперь принадлежал ей, и будут праздновать жизнь тети Джин.

Потом Мэри, как и все остальные, наденет маску и уединится в том самом месте под деревом, где никогда не будет чувствовать себя одинокой. Там, где, как она знала, тетя Джин будет стоять рядом с ней, держа на руках малышку Мэри.

Трио - тетя Джин, Мэри и ребенок - будут молчаливыми свидетелями, в то время как остальные члены семьи будут разрывать друг друга на части.

PANDEMIC BOY
(Пандемический мальчик)

«Смотрите, он опять идет - это Пандемический мальчик», - крикнул высокий и долговязый десятилетний светловолосый мальчик.

Его друг не был таким высоким, длинным или светловолосым - он был рыжим и смеялся, прежде чем вставить свои два цента. «Где твой плащ, малыш? Разве ты не знаешь, что у ВСЕХ супергероев есть плащи?»

Парнишка, которого они прозвали Пандемическим мальчиком, был младше двух других, но за маской скрывался бесстрашный вид.

«Только не у Спайдермена», - ответил он с ухмылкой.

Хотя он был моложе и меньше ростом, но не в дюймах, а в футах, положив руки на бедра и больше походя на Супермена, он спросил: «А где же ваши маски?»

Это было не первое столкновение так называемого Пандемического мальчика с пандемией. В прошлом он использовал скрещенную вооруженную позицию Супермена, чтобы взять ситуацию под контроль. Казалось, это хорошо работает и для детей, и для взрослых. Кроме того, помогало осознание того, что закон на его стороне.

«Мы не последователи», - сказал блондин, прикрывая левой рукой глаза от солнца и поворачиваясь спиной к ребенку так, что теперь они с другом стояли лицом к лицу. Он пробормотал: «Давай снимем с него маску».

Рыжеволосый мальчик задумался, вдавливая носок кроссовки в землю и думая о том, что они уже превосходят Пандемика два к одному. К тому же он был маленьким ребенком - хотя у него был большой рот, и он сам напрашивался на это. Но он не был задирой и не хотел им быть. Он сосредоточился, сделал круг в грязи перед собой, а затем похлопал по карману джинсов. «Мой вот здесь».

«Докажи это», - потребовал Пандемический мальчик.

Блондин посмотрел через плечо на меньшего мальчика и быстро повернулся. Со сжатыми кулаками он направился к младшему мальчику. Постучав пальцем по лицу мальчика в маске, он сказал: «Кто-ты-думаешь-ты-как-малыш?» Каждое слово заслуживало отдельного постукивания по подбородку Пандемического мальчика в маске, и из-за разницы в росте и массе младшему мальчику пришлось крепко поставить ноги на место.

Рыжеволосый мальчик сказал: «Я надену маску».

Так называемый Пандемический мальчик промолчал, но кивнул в знак одобрения, а его друг, светловолосый мальчик, глядя через плечо, одарил его злым взглядом.

Все трое остались при своем мнении.

***

Иногда время замирает. Как будто все птицы забыли летать, а часы - тикать. Это был не один из таких дней, и по мере того как время шло, все больше детей выходили из домов, чтобы посмотреть, что происходит. Они собрались вокруг, болтали, перешептывались, пытаясь понять, что должно было произойти, чтобы три мальчика так долго стояли на месте.

«Я выглянул из окна своей спальни, - сказал один мальчик, - и увидел, как маленькому мальчику в маске угрожает блондин, который был намного выше и старше. Потом я увидел, что их двое, и мне пришлось выйти, особенно когда большой ребенок придвинулся и ткнул маленького ребенка в грудь», - сказал он, потрогав свою маску, как взрослый человек трогает бороду.

«Я бежала туда, - сказала маленькая девочка, - и видела все это. Мальчик в маске просил об этом - подходил к двум большим, старшим мальчикам. Удивительно, что эти двое его не побили». Затем она обратилась к так называемому Пандемическому мальчику: «Эй, парень, почему бы тебе не побегать, пока есть возможность? Пока эти двое старших парней не выбили из тебя все дерьмо?»

Трио в центре толпы оставалось неподвижным, как статуи. Они слушали комментарии других детей, которые собирались в толпу, а они - нет. На данном этапе никто не знал наверняка.

Время шло, и дети в масках встали на сторону так называемого Пандемического мальчика, а дети без масок - на сторону двух других. Толпа детей сместилась, разделилась на две части, образовав две разные стороны. Все были готовы действовать - если и когда начнется драка.

Прошло несколько часов, но никто не сдвинулся с места. Даже когда матери и отцы стали звать детей домой ужинать. И когда родители, бабушки и дедушки, братья и сестры стали звать детей спать. Даже когда солнце сменилось луной и звездами.

***

Наконец, Пандемический мальчик сказал: «Я иду домой». А блондину побольше, тому, который все еще был у него на лице, он сказал: «В следующий раз, когда мы увидимся, не забудь взять с собой маску, ладно? Это пандемия, чувак, и…»

«Ладно, ладно», - сказал мальчик побольше, отступая назад. «И в следующий раз, когда я тебя увижу, убедись, что на тебе плащ». Он усмехнулся.

«Какой-нибудь цвет предпочитаешь?» - с улыбкой спросил младший мальчик.

Его друг, рыжеволосый мальчик, который теперь носил маску, ответил: «Это зависит от того, кто ты - фанат Бэтмена, Робина или Супермена. Я? Я бы надел черное».

«То же самое», - сказал младший мальчик.

Они все пошли домой.

ВИЗИТОРЫ

<< Подождите минутку, - сказала она, прежде чем открыть входную дверь.

Она находилась внутри почти тридцать дней - в карантине. Выходить наружу было рискованно, даже несмотря на то, что карантин был введен только для того, чтобы защитить тех, кого она любила, и тех, кого она даже не знала. Она поправила маску, сделала глубокий вдох и открыла дверь.

Там ее ждал приветственный комитет, и она почувствовала себя так, как, должно быть, чувствовала себя королева Елизавета, выходя на балкон Букингемского дворца. Хотя в ее маленьком, но уютном доме с двумя спальнями не было такого блеска и гламура, как во дворце. На секунду-другую она подумала о том, чтобы помахать им рукой, но передумала, когда они начали аплодировать.

Смутившись, несмотря на то что маска закрывала большую часть лица, она посмотрела вверх, где высоко в небе сияло солнце, и ощутила тепло его лучей. Ей было приятно дышать новым, свежим воздухом - несмотря на то что маска мешала ей глубоко вдыхать. В голове заиграла песня Джона Денвера. Она беззаботно подпевала.

Аплодисменты закончились сами собой, и она стояла, как свинья в омуте, пока все ждали, что она скажет или сделает. Множество полных слез глаз смотрели на нее поверх своих масок. Две маски не были похожи друг на друга. Она обвела взглядом гостей, останавливаясь на тех, чьи глаза ей показались знакомыми. Мысленно она сыграла в игру «Кто есть кто под какой маской».

Один человек в толпе не вызывал сомнений из-за своих размеров и роста. Это была ее внучка Эмили. Зеленые глаза, такие же, как у нее самой, смотрели на нее сквозь фиолетовую маску. Любимый цвет Эмили часто менялся, но ей было приятно видеть, что за последние тридцать дней он не изменился. Зато она стала выше. Эмили помахала рукой и сказала: «Здравствуй, бабушка-мама».

«Здравствуй, моя дорогая Эмили», - сказала женщина, улыбаясь губами под маской и глазами поверх нее.

Женщина замешкалась, затем обвела взглядом аудиторию слева направо, кивая, чтобы поприветствовать каждого из них.

Первым был Брэндон. Он был большим хоккейным болельщиком, и на его маске был изображен кленовый лист Торонто. «Вперед, «Кленовые листья»!» - сказал он. Она показала ему большой палец вверх. Хоть кто-то еще надеялся, что они снова выиграют Кубок Стэнли.

Рядом с Брэндоном стояла мать его жены Эмили. На ее маске было написано I heart Jamie Oliver. Она улыбнулась, подумав, не поможет ли ей интерес к Оливеру однажды приготовить приличный ростбиф. Она поймала себя на этой стервозной мысли и, пристыженная, двинулась дальше.

Следующим был мистер Боб Муди. Он был соседом, старым ворчливым пердуном, который непонятно почему решил присоединиться к ней в маске строителя. Он помахал рукой, что показалось ей странным, но она помахала в ответ из вежливости.

Теперь ей надоело выяснять, кто есть кто, и остальные превратились в сплошное пятно, пока она ждала, что кто-то что-то сделает или даст ей понять, чего от нее ждут. Должна ли она произнести речь? Нет, это было бы глупо. Карантин длился всего тридцать дней. Она не могла обнять их. Или стать ближе, чем она уже была.

У нее было ужасное ощущение, что кто-то хочет, чтобы она произнесла речь, и она задавалась вопросом, как она должна произнести ее, чтобы ее услышали и поняли сквозь толстую хлопковую маску. Потом она подумала о политиках на телевидении, например о премьер-министре. Когда ему нужно было выступить, он всегда снимал маску, говорил свою речь, а потом снова надевал ее. Если для премьер-министра это было достаточно хорошо, то и для нее это было достаточно хорошо. Она вынула правое ухо из петли, затем перешла к другому.

Гости задохнулись и отошли подальше. Все, кроме ее маленькой внучки.

«Бабушка любит тебя», - сказала женщина, поцеловав маленькую Эмили.

«Я тоже вас люблю», - ответила Эмили, и родители, которые теперь были рядом с ней, отодвинули ее назад.

Довольная тем, что почувствовала солнце, вышла на улицу, увидела тех, кого любила, и поговорила с маленькой Эмили, она поклонилась, отошла и закрыла за собой дверь.

Тут же зазвонил телефон. Она не стала отвечать.

ДОМ

В комнате было пусто, если не считать пустующих встроенных книжных полок, которые стояли по бокам камина.

Пустые книжные полки всегда наводили на меня тоску. Как будто предыдущий владелец забрал с собой всех своих друзей и воспоминания, но забыл о тех предметах, которые хранили и показывали их, пока они находились в доме. Поэтому, когда я покидал дом по какой-либо причине, я всегда оставлял одну из своих книг (я покупал две любимые книги), чтобы надеяться, что кто бы ни был новым владельцем, он будет наслаждаться ею так же, как и я. Для меня это было все равно что познакомить их с новым другом. Если это звучит слишком сентиментально, я не возражаю, потому что мой дорогой муж всегда так говорил обо мне.

Когда я пересекала комнату, поправляя маску, то заметила у стены что-то тонкое, как вафля. Это был маленький коврик.

«Для чего он здесь?» спросил я. Несмотря на то, что он был нитяным и маленьким, лучше бы он лежал перед камином. По крайней мере, у этой жалкой вещицы была бы цель. Я часто так делаю - наделяю неодушевленные предметы чувствами. В литературном мире это называется олицетворением. Я использую этот прием так часто, что мой муж называет его «олицетворением Мэгги».

Август - это имя моего мужа. И да, он родился в августе, Лев, в то время как я Козерог.

Когда он поднялся рядом со мной, я вздрогнула. Я всегда чувствовала холод.

Он сказал сквозь маску: «Ух, как здесь жарко, милая. Почему ты дрожишь?» Он расстегнул свой толстый шерстяной кардиган, подарок нашего сына Эндрю, и снял его. Он накинул его мне на плечи, а затем переместился в другой конец комнаты.

Я прижалась к нему и произнесла «Спасибо», следуя за ним.

Агент, которая была старым другом семьи, надела маску, отражающую фирму недвижимости, на которую она работала. Она неслышно передвигалась по дому в другой комнате, пока мы самостоятельно знакомились с квартирой.

Вскоре после этого она вошла в комнату через дверной проем, ближайший к предмету, который я заметил на полу. Мы встретились перед ним, как будто она подслушала мой вопрос.

Джуди Марш, так звали нашего агента на протяжении более двадцати пяти лет, казалось, растерялась, что было на нее совсем не похоже. На нее и на всех остальных агентов по недвижимости на планете.

«Разве камин не великолепен!» - воскликнула она.

Я повернулся всем телом к теплу, в то время как Август, который часто обвинял меня в том, что я читаю слишком много романов Агаты Кристи, помимо всего прочего, теперь, заскучав и желая покончить с этим, переместился ближе к дверному проему.

Джуди сказала: «Я слышала вопрос, который вы задали несколько минут назад. Полностью откровенно, - она потрогала свой нос. «У этого дома есть небольшая история».

К нам снова присоединился заинтересованный Август.

«Что за история?» спросил я.

Джуди продолжила: «Нет смысла рассказывать сказки, если вам здесь не нравится. В таком случае мы можем просто перейти к следующему дому. У меня есть еще несколько в очереди. И каков же вердикт по этому дому?»

Август сказал: «Мы еще не видели всего дома, еще слишком рано судить, и...»

Я закончил его фразу, как обычно делают люди, которые давно женаты: «И это некрасиво с вашей стороны - позволить нам влюбиться в это место - не говорю, что это именно тот случай, - а потом опустить бум».

«И в самом деле, опускать бум», - добавил Август.

«Выкладывай!» потребовала я, когда Август взял мою руку в свою.

«Пойдемте на кухню», - сказала Джуди. «Я поставлю чайник и сделаю нам по чашке хорошего чая. Я запаслась в буфете всякой всячиной вроде чая «Эрл Грей» и печенья, как раз для такого случая. Тогда все и выяснится».

Август, услышав, что ему предлагают чашку чая и печенье, последовал за Джуди на кухню, а я, как говорится, пристроился сзади. Мы шли по коридору с высокими потолками, но довольно грязному, поскольку в нем не было светового люка - если бы мы купили это место, световой люк сделал бы этот коридор более уютным.

«Световой люк был бы улучшением», - предположил Август, когда они с Джуди вошли в смежную комнату через пару распашных дверей, какие можно было бы увидеть в старом вестерне с Марлоном Брандо. «Это придется убрать», - сказал Август, когда дверь распахнулась и ударила его по спине, прежде чем я успел ее остановить. Он стоял, положив руки на бедра, с открытым ртом, из которого не выходило ни слова.

Протиснувшись в комнату, я поняла, почему Август потерял дар речи, потому что, о боже, какой потрясающий вид! Кухня и столовая находились рядом, в огромном прямоугольном помещении открытой планировки, со стеклянными окнами и дверями, простирающимися от одного конца до другого и выходящими на один из самых великолепных садов, которые я когда-либо видела. Мне так хотелось, чтобы сейчас была весна, чтобы все вокруг цвело, но осень здесь тоже была прекрасна, деревья расцвечивали свои осенние краски.

«Дэш был бы в восторге от этого», - сказал Август. Дэш был нашим мальчиком таксы.

«Конечно, понравится», - сказала я, пока Джуди, стоявшая теперь позади нас, играла в маму, наливая горячую воду в чайник.

Ни Август, ни я не могли оторвать глаз от восхитительной природы, ожидающей нас всего в нескольких шагах. «Могу я открыть двери?» спросила я.

Джуди кивнула, и Август сделал это. Сразу же звуки извне, как музыка, влились в кухню. Цикады, голубые сойки, воробьи, кардиналы, древесная жаба... это было блаженно музыкально - до тех пор, пока несколько мгновений спустя соседская газонокосилка не взревела.

«Чай готов», - позвала Джуди.

«Как раз вовремя», - сказал Август, закрывая раздвижные двери и щелкая замком. «Здравствуй, темнота, мой старый друг», - ворковал Август. Это была одна из его любимых мелодий - классика из репертуара Саймона и Гарфанкеля.

«Здесь не темно», - сказала я, пока Джуди наливала и подавала чай. Честно говоря, я не любил шикарные чаи типа «Эрл Грей». В любой день я могу выпить чашку «Тайфу». Я добавил две чайные ложки сахара - двойную норму для старого доброго Typhoo, и Август сделал то же самое. Потягивая чай и отвергая выбранное Джуди печенье - имбирный орех,

- мы ждали, когда она начнет рассказывать нам историю, на которую намекала.

***

«Прежде всего, - начала Джуди, - в этом доме никто не жил уже несколько десятилетий».

«Десятилетиями», - повторила я, - »Как это может быть?»

Август опустошил остатки своего чая. Джуди тут же сделала движение, чтобы наполнить его чашку, но он грубо уклонился, положив руку поверх чашки.

Джуди улыбнулась. «Видимо, не всем нравится мой любимый напиток». Она наполнила свою чашку и продолжила. «За эти годы дом был выставлен на продажу. Мы нанимали специалистов по оформлению со всего штата, надеясь, что их вклад поможет продать дом. Пока что это не помогло».

«Это бессмысленно», - сказал Август. «Если бы квартира была обставлена мебелью, эха было бы меньше». Он поднял свою пустую чашку и вздохнул.

«Может, вы предпочитаете бутылку воды?» спросила Джуди и, не дожидаясь ответа, подошла к холодильнику, достала три бутылки и поставила их перед нами. У меня было предчувствие, что это будет долгая история.

Странный звук, доносящийся из сада, одновременно поразил наши уши. Август отодвинул стул и осмотрел сад, который теперь был освещен лишь частично, так как солнце садилось. «Ты что-нибудь видишь?» спросила я.

У Августа было орлиное зрение, хотя он был старше меня. «Ш-ш-ш», - сказал он. Мы ждали, внимательно прислушиваясь, но звука больше не было. Август вернулся на свое место и сел на него, пожав плечами.

Джуди сказала: «Будет лучше, если вы оставите свои комментарии и вопросы при себе до конца. Я хочу закончить раньше, то есть как можно быстрее».

Август сказал: «Мы стары и становимся старше с каждой минутой. Мы забудем все вопросы, которые у нас могут возникнуть, если эта сказка затянется».

Я похлопал Августа по руке. «Если у тебя есть вопросы, набери их в своем телефоне». Я уже давно пытался заставить его пользоваться функцией «Заметки» в телефоне. Я сама использовала ее для многих вещей, включая список продуктов. Я предложила ему использовать ее для той же цели. Но он приходил домой без того, что нам было нужно, и возвращался снова - на этот раз с бумагой в руках.

«Мэгги, - сказал он, - ты же знаешь, я не люблю зависеть от технологий».

«Зависимость от деревьев», - подхватила Джуди, - „тоже не сулит ничего хорошего в будущем“.

«Батарейка в листе бумаги не умирает!» - воскликнул он.

«Но у ручки заканчиваются чернила», - сказал я, ухмыляясь, а затем снова похлопал его по руке и протянул ему ручку и бумагу - и то, и другое я всегда держал в своей сумочке для таких случаев.

***

«Я начну с самого начала», - сказала Джуди.

Под столом Август зашаркал ногами, и я поняла, что он испытывает все большее нетерпение и думает: «Давай уже, женщина!», потому что я тоже так думала.

Наконец Джуди перешла к делу. «Когда это место только заселили, здесь умерли три человека».

Она подождала, пока мы отреагируем, но никто из нас не отреагировал. Мы уже поняли, что произошло что-то ужасное, и сделали вывод, что это должно было быть связано со смертями, убийствами и/или хаосом. Даже мои артритные кости чувствовали, что здесь произошло нечто ужасное. Я обхватила себя руками, чувствуя, что мне снова стало зябко. Август сделал то же самое, но ему было теплее, чем мне, поскольку он уже успел вернуть себе карди.

«Изначально здесь была построена церковь вXVIII веке. После того как она была разрушена, а три человека погибли, оставив лишь книжные полки и камин, все религии поклялись никогда не восстанавливать здесь дом Божий. Таким образом, коттеджи, дома, статс-хаусы, бунгало и, в конце концов, двухэтажное калифорнийское бунгало, в котором мы сейчас стоим, были построены в соответствии с нуждами и потребностями владельцев в течение отведенного им времени. И вот многие прихожане, прихожанки и семьи сделали эту церковь своим местом поклонения и/или домом.

Начнем с первоначальной церкви. В середине XVIII века в этом месте возникла община, одна из первых в Онтарио, после того как многие иммигранты выбрали это место для поселения и строительства своего нового будущего.

Двумя такими людьми были леди и лорд Чарльстон, которые быстро стали лидерами общины и выделили средства на строительство первой церкви без какого-либо признания для себя, кроме небольшой библиотеки в ректорском доме, в которой община могла читать и брать книги на темы, связанные с религией. Чтобы им было удобно учиться или читать, в центре двух таких книжных полок был устроен камин.

В связи со значимостью просьбы было проведено много исследований, чтобы выяснить, какая древесина будет наиболее долговечной с течением времени. Один иммигрант из Италии высоко отозвался о средиземноморском кипарисе, сказав, что видел алтарь в римской церкви, сделанный из этого дерева, который пережил пожар, уничтоживший все остальное здание. Было решено отправить несколько деревьев, которые они могли бы вырастить на месте, а также заказать доставку достаточного количества в Канаду на корабле. Со временем тот же человек рассказал о сверхъестественных способностях этого дерева из его старой страны. Из-за его сильного аромата семьи сажали деревья рядом со своими близкими на кладбищах по всей стране, чтобы отпугнуть демонов и убедиться, что души их любимых перешли на другую сторону».

Несколько других прихожан были недовольны таким кощунством и предложили использовать для этой затеи только канадские деревья. Лорд и леди Чарльстон отклонили это предложение, и община стала ждать доставки древесины для настоятельского дома, а тем временем построила церковь, школу и другие здания. В общину стекались новые жители, предпочитая селиться в месте, где предоставляются услуги, позволяющие всем быстрее освоиться.

Дерево прибыло, и настоятельский дом был построен, но не без некоторых трудностей. Сначала человек, спускавший бревно с корабля, был раздавлен, когда несколько бревен сорвались и рухнули на него. После этого были приняты дополнительные меры предосторожности, но те, кто предупреждал о богохульстве, перешептывались между собой со знанием дела.

Спустя годы, когда у колонии не было названия, было предложено назвать ее Новым Чарльстоном, и так она и была названа, и на протяжении многих поколений все служили общине, а население росло семимильными шагами. Лорд и леди Чарльстон умерли, но их портреты были написаны и помещены над камином в библиотеке ректората между двумя книжными полками. Вопреки возмущению общественности, библиотеку назвали «Архивом леди Чарльстон», поскольку семья пожертвовала свою коллекцию книг, чтобы заполнить полки».

Я открутила крышку на бутылке с водой и сделала глоток, а Август посмотрел на часы. Солнце уже садилось, и большая часть заднего сада была погружена в темноту, если не считать единственного прожектора, который освещала луна.

«Именно в этой церкви произошла смерть».

Мы с Августом придвинулись ближе, надеясь, что она скоро перейдет к делу. Мой желудок урчал. Ведь обед уже закончился, и он начал общаться с желудком Августа в дуэте с голодом.

«Гингернат?» спросила Джуди, помахав им перед нами. Мы вежливо отказались. «Почему бы мне не заказать пиццу? Пока ее пекут и доставляют, я могу продолжить свой рассказ».

«Никаких ананасов», - сказал Август. Пицца с ананасами была его любимым блюдом. «Ананас предназначен для перевернутого пирога, а не для пиццы».

«Не могу не согласиться», - сказала Джуди, нажимая быстрый набор на своем телефоне.

«Никаких анчоусов», - сказал я, пытаясь уговорить свой урчащий живот затихнуть.

***

«В 1847 году незнакомая женщина пришла в общину глубокой ночью в поисках своего мужа и маленького сына. Она стучалась в двери, наводя шороху, поскольку было уже за полночь. Члены общины вышли из своих домов, желая помочь ей, и сформировали поисковую группу, используя лампы, чтобы указывать путь. Это была та самая община, которая объединилась, чтобы помочь другим, даже незнакомым людям. Никто не усомнился в ее мотивах, истории или здравомыслии.

На дворе стоял октябрь, было прохладно, но первый снег еще не выпал. Они шли и искали до восхода солнца, а потом перегруппировались, чтобы поесть, попить и узнать больше от женщины, которая была слишком измучена, чтобы подниматься вместе с ними. Когда она пришла, ее быстро разместили и уложили в постель после чашки крепкого чая с добавлением виски, чтобы она проспала всю ночь.

После дальнейших обсуждений и подтверждения того, что никто не видел ни головы, ни волос ни мужа, ни ребенка, они вместе поели еды, предоставленной женским обществом при церкви, и обсудили, что делать дальше. Это было не так, как сегодня, когда можно легко распечатать плакаты и расклеить их повсюду скотчем, и не так, как сегодня, когда социальные сети - это не вариант. Вместо этого был нанят художник, который должен был нарисовать семью по описанию матери. Женщину звали Реба, ее ребенка - Джейкоб, а ее мужа - тоже Джейкоб.

Однажды поздно вечером один из местных жителей увидел, как женщина Реба вошла в церковь, держа за руку ребенка. Он поинтересовался, где муж, но, не задумываясь, отправился спать.

Реба взяла своего сына в церковь, чтобы зажечь свечу на аларе и поблагодарить Иисуса за то, что он вернул ей мужа и сына. Дверь церкви не была закрыта, потому что к ним скоро должен был присоединиться Джейкоб Старший. Порыв ветра, который был настолько сильным, раздул пламя и поджег ее рукав, а так как в это время она держала на руках сына, то загорелась и его одежда. Вошел старший Иаков и побежал к ним, оставив дверь открытой. За ним последовал еще более злой ветер, когда он закрыл дверь между собой и своими близкими. Церковь, сложенная из местных деревьев, взлетела на воздух в мгновение ока.

В общинном зале, где церковные женщины раздавали еду добровольцам, сначала почувствовали запах гари и выбежали на улицу. Большинство добровольцев также были пожарными, но их ресурсы на тот момент были ограничены. Они сделали все возможное, чтобы спасти церковь, но было уже слишком поздно. Настоятельский дом еще не был охвачен огнем, поэтому им удалось вывести священника и спасти, как я уже говорил, книжные полки и камин. Семья из трех человек погибла... сгорела в небытие. Как говорится, прах к праху».

Джуди глубоко вздохнула, сделала глоток воды, и тут раздался звонок в дверь. Рассказ выбил из нее все силы, и Август предложил забрать пиццу, но Джуди, сказав, что ей придется заплатить - она может записать это в расходы, связанные с работой, - в конце концов пошла к двери. Она вернулась с горячей и вкусно пахнущей пиццей, и мы некоторое время молча поглощали вкусное блюдо.

Теперь, довольная и с сытыми животами, Джуди продолжила рассказ.

«С тех пор, говорят, призраки той семьи преследуют этот дом. Все, что люди видят, пугает их настолько, что они с криками убегают отсюда. На протяжении многих веков на этом месте перестраивались дома, но никто никогда не жил здесь долгое время».

Было уже очень поздно, и рассказ Джуди занял довольно много времени.

«Не могли бы вы перемотать вперед и перенести нас в настоящее время?» спросил Август, снова более грубо, чем он или я ожидали. Ему уже пора было спать, и то, что он разбушевался, было не совсем его виной.

Джуди извинилась. «Этот дом был построен двадцать пять лет назад. Его покупали, продавали, сдавали в аренду, ремонтировали - да что угодно, и сколько бы раз я ни пересчитывала пальцы на руках и ногах, никто не хотел здесь жить». Она огляделась вокруг. «Да, он хорошо выглядит, но в нем есть что-то такое. Что-то, что заставляет людей бежать. Особенно в это время суток. Я хотела узнать, не случилось ли это и с вами».

«Итак, мы - ваши дружелюбные гинеапиги», - сказал Август, резко отодвигая стул. «Давайте продолжим экскурсию. Что наверху?»

Я не шелохнулся.

«Вы не представляете, то есть абсолютно не представляете, почему люди ведут себя таким экстремальным образом? Для меня это не имеет практически никакого смысла. Конечно, вы бы увидели то, что увидели они».

«Я никогда не вижу», - сказала Джуди.

«Ну, это странно», - сказал Август.

Джуди улыбнулась. «Я знаю. И вот почему, позвольте мне сказать, что духовные люди, такие как медиумы, мистики, прорицатели, ведьмы, колдуны - назовите кого угодно, и они бывали здесь - да, они даже изгнали это место от столба до столба, и все равно происходит то, что заставляет всех бежать, включая всех вышеперечисленных. Каждый из них с криком убежал в горы - и больше не вернулся».

«Глупости и чепуха», - сказал Август.

Но чем больше она говорила об этом, тем больше я пугался и тем охотнее верил, потому что со временем мне становилось все холоднее. Я дрожал так, словно кто-то прошел по моей могиле - хотя, конечно, я не был мертв. И все же. От одной мысли об этом у меня волосы на руках вставали дыбом.

Джуди встала. «Теперь ты знаешь то, что знаю я. Цена и так невысока, но все еще подлежит обсуждению. Владелец хочет, чтобы она была продана и ушла из его рук - еще вчера. Почему бы вам не заглянуть наверх, не познакомиться с верхним этажом?»

Август сказал: «Мы могли бы купить его с любовью, снести и перестроить что-нибудь под свои нужды, например бунгало. Мы все равно окажемся впереди и будем иметь достаточно средств, чтобы продержаться до конца жизни».

С трясущимися коленями я тоже стоял, крепко держась за стол. Это звучало хорошо, даже слишком хорошо, чтобы быть правдой.

Джуди сказала: «Он признан объектом культурного наследия. Книжные шкафы и камин должны остаться нетронутыми. Это не обсуждается. Более того, я не могу принять ваше предложение, если вы не готовы изложить это в письменном виде».

Мы с Августом, словно в трансе, вышли из кухни и оказались на ковре, который теперь лежал перед камином. Ревущее пламя, освещающее комнату, заставило меня задуматься, почему мне стало еще холоднее.

«...электричество», - сказала Джуди.

Я унесся мыслями в страну книг и пропустил ее слова мимо ушей.

«...выключила его. И воду тоже».

Я провела рукой по центральной книжной полке, уже понимая суть происходящего, когда Август вышел из комнаты. Я повернулся и последовал за ним, как и Джуди. Он остановился у подножия лестницы, посмотрел, где мы находимся, и начал подниматься. Я ухватился за перила и тоже полез вверх. Примерно на полпути перила зашатались, как и мои колени. Ноги словно утопали в деревянной лестнице, и я чувствовала себя неустойчиво. Август уже был наверху. Я заметила, что он освещает себе путь с помощью приложения-фонарика на телефоне. Я была горда тем, что он наконец-то нашел применение одному из приложений, которые я рекомендовала ему попробовать.

Когда я присоединился к нему на вершине, мы посмотрели вниз на Джуди, которая ждала с телефоном, направленным перед ней, - она тоже пользовалась приложением-фонариком. «Мне скоро нужно будет закрыться», - сказала она.

«Мы просто пошаркаем вокруг», - сказала я, когда Август отошел от меня к двери в дальнем конце коридора. Когда я шел, толстый ковер под ногами казался хлюпающим, так что торопиться было трудно. Август распахнул дверь и увидел ванную комнату персикового цвета с раковиной, ванной, унитазом и душем. Ванная была украшена аксессуарами - одним из тех ковровых ковриков, которые брошены вокруг ее основания. Этот стиль не пришелся нам по вкусу, и я так и сказал, когда мы закрыли дверь и перешли в спальню, небольшую, оформленную в голубых тонах, с машинами, разъезжающими по стенам, и звездами, которые загорались на потолке, когда мы направляли на них фонарик.

«Мне нравятся эти звезды», - сказал Август, и ребенок в нем вырвался наружу. Я удивилась, что ему не понравились машины на обоях. Может быть, и нравились, но из двух они ему больше нравились звезды.

«Да, давайте снимем их и повесим над камином - это если мы его купим», - сказала я.

Мы перешли в другую спальню, комнату для гостей, полную цветов всех сортов, видов и расцветок. На задней стенке двери по трафарету были нарисованы подсолнухи.

«Очень по-домашнему», - сказала я, когда мы двинулись дальше по коридору к последней комнате - спальне хозяев. Мне пришло в голову, что в доме такого размера должно быть больше трех спален.

Август сказал: «Мы можем построить больше комнат на участке, когда сделаем из него бунгало. Здесь так много места пропадает зря».

Мы осмотрели ванную комнату, которая тоже была очень устаревшего персикового цвета, хотя в ней стояла спа-ванна, украшенная золотыми кранами и светильниками. А из большого носового окна открывался панорамный вид на то, что, по нашим предположениям, должно было быть задним садом.

Август забрался на ванну, взяв меня за руку. Мы стояли вместе, бок о бок, глядя вниз на сад, когда появились три фигуры. Выстроившись по росту, слева стоял мужчина, хотя, учитывая его рост, можно было подумать, что это мальчик. Его наряд - шляпа с бантом, льняная рубашка с оборками выше талии, куртка длиной до колен и бриджи - свидетельствовал об обратном. За руку мужчину держал мальчик, чья куртка спускалась чуть ниже талии, а штаны вздувались у колена, темные локоны выбивались из-под шапочки. Завершала тройку женщина, державшая за руку ребенка. На ней было толстое стеганое пальто, закрывавшее одежду, а на голове - спальный чепец, словно она неожиданно вышла в ночь. Полные лица всех трех фигур были прикованы к луне и звездам, или же они были околдованы.

«Они настоящие?» прошептал я, прижимаясь к плечу Августа, но не успел я договорить, как три пары глаз посмотрели прямо на нас и одновременно издали вопль таким высоким голосом, что, наверное, разбудили всех собак в округе. Они сказали,

«Каждый день мы приходим сюда, чтобы сгореть».

Мы закрыли уши, пока они повторяли свою песню, затем пламя, начиная с их ног и двигаясь вверх, охватило их, и вскоре их крики превратились в стоны, когда они рухнули на землю, превратившись в кучки пепла.

Я закричал. И тут случилось то, чего не случалось за все годы нашей супружеской жизни: Август тоже закричал.

Мы вылезли из ванны, сбежали по лестнице, пронеслись мимо Джуди и выбежали через парадную дверь со скоростью, в которую два таких старика, как мы, никогда бы не поверили. Мы сели в машину Джуди; она вела ее, когда показывала нам участок. Сев в машину, она рванула с места, визжа шинами на ходу.

Когда мы отдалились от дома на достаточное расстояние, Джуди сказала, как ни в чем не бывало: «Я составлю для вас список других домов, которые вы сможете посмотреть первым делом утром. Мы найдем для вас идеальный дом. На рынке есть много прекрасных мест, из которых вы сможете выбрать». Она посмотрела на нас в зеркало заднего вида.

Я все еще дрожала и держалась за Августа.

«Не хотите рассказать мне, что вы видели?» - спросила Джуди. спросила Джуди.

«Разве вы их не слышали?» спросила я.

Джуди покачала головой в знак отрицания.

«Поверь мне, тебе повезло», - сказал Август. «А теперь отвезите нас домой. Мы остаемся дома».

Мы с Августом больше никогда не говорили о доме.

УБИЙСТВО

Я сидел в своей машине, боясь выйти из нее.

Из-за тонированного стекла все было видно - так зачем подвергать себя опасности? Зачем рисковать заразиться, если все, что мне нужно, - это немного природы.

Почему бы тогда просто не остаться дома, любимая? услышала я в голове твой мягкий голос. Как будто ты был здесь, сидел на пассажирском сиденье рядом со мной. Ты - это мой покойный муж Джеральд - сорок два года в браке, пока его не забрала КОВИД. Да, мой Джеральд умер от вируса в самом начале этого безумного периода в нашей жизни. Еще до того, как пандемию назвали пандемией те, кто говорил, что знает о ней.

Даже когда официально подтвердилось, что Джеральд подвергся воздействию вируса и был заражен, он не поверил. Он согласился пройти обследование только потому, что я уговорила его поехать со мной, как мы поклялись в болезни и здравии. Я был рядом с человеком, который заразился, когда работал волонтером в продовольственном банке. Мне не нужно было сдавать анализы, но я решила, что лучше перестраховаться, чем потом жалеть, и ввела добровольный четырнадцатидневный карантин - по крайней мере, мы с Джеральдом могли быть вместе.

Когда пришли результаты, оказалось, что Джеральд заражен, а мой тест был отрицательным. Поскольку мы были в карманах друг у друга, велика была вероятность, что у меня тоже, только бессимптомно, так что в карантин мы отправились оба, счастливые, как и все сорок пять лет, что мы знали друг друга.

Мы были готовы встретить эту болезнь вместе, но потом мне сказали держаться подальше от Джеральда, ограничить контакты - держать между нами дверь, носить маску, часто мыть руки - вы знаете, что нужно делать. Я заняла комнату для гостей, Джеральд - нашу комнату. Мы желали друг другу спокойной ночи через стену, как это делали люди из семьи Уолтонов.

Однажды ночью, когда он не мог уснуть, я напела ему через стену несколько припевов песни, под которую мы танцевали наш первый танец в школе, песня называлась «Make Me Do Anything You Want» группы A Foot in Coldwater. Я напевала ее про себя, наблюдая за происходящим снаружи. В нескольких футах от нас группа канадских гусей ела траву. Я немного опустил окно, чтобы слышать их болтовню. Я глубоко вздохнула, впуская в себя свежий воздух, но он не помешал мне вспомнить о следующем, самом тяжелом моменте - когда Джеральда забрали у меня и поместили в больницу. Меня не пустили с ним в машину скорой помощи, и он так быстро слетел с катушек, что я больше никогда не видела его живым.

Сначала я позвонила детям. Конечно, они уже выросли, у них свои дети. Дети, козлята. Дети - это, конечно, то, что я имею в виду. Не знаю, когда я перешел на обычное описание. Наверное, потому что Джеральда здесь нет, чтобы сказать мне, что так делать нельзя.

Наши дети не могли приехать из-за ограничений социальной дистанции. Их зоны находились на второй стадии. Кроме того, риск подхватить вирус самим и передать его нашим внукам не стоил того, чтобы рисковать. С помощью доброй медсестры мы провели фейс-тайминг, но Джеральд промолчал. К этому времени улыбка исчезла из его глаз, и я все понял.

После погребения - кроме меня, на похороны никто не пришел - я не знала, что с собой делать. После выплаты страховки стало еще хуже. Всю жизнь мы экономили - и вот его не стало, ехать было некуда, пандемия таилась за каждым углом, а моего Джеральда не было рядом, чтобы разделить ее со мной, так что ехать было бессмысленно. Столько денег, а я не могла вспомнить ни одной вещи, которая была бы мне нужна или необходима, кроме Джеральда.

С наступлением осени, когда листья начали разгораться, я бесчисленное количество раз указывала никому на особенно потрясающее дерево. А тут еще на горизонте замаячил День благодарения. Обычно мы готовили семейный праздник - с обычными канадскими блюдами: тыквенным пирогом, клюквенным соусом, индейкой, ветчиной, фаршем, картофельным пюре, овощами и капустным салатом. Джеральд обычно разделывал птицу, а я организовывал все остальное. Потом мы обходили стол, и все, даже малыши, говорили, за что они благодарны прошлому году. Мне запомнилось заявление маленького Кевина, что больше всего он благодарен «Бампе» - дедушке. Глаза Джеральда в тот день засветились, как солнце, выглянувшее из-за туч после нескольких дней дождя.

Моя дочь предложила мне устроить виртуальный ужин в честь Дня благодарения. Ее сердце было в правильном месте, но идея была абсурдной. В одиночку я бы приготовил телевизионный ужин из индейки и съел бы его во время просмотра «Дня благодарения Чарли Брауна».

И вот я сижу здесь, в этом проклятом автомобиле, с тонированными стеклами - слишком боюсь выйти из машины. Блуждая взглядом по пешеходной дорожке, я замечаю Сонни и Эвелин Маршалл, и прежде чем я успеваю увернуться, они замечают меня. Они направляются ко мне. Они слышали о кончине Джеральда и хотят выразить свое почтение, а мне уже поздно заводить машину и выезжать с парковки.

Перед машиной стоят люди в масках, Сонни стучит по окну, а Эвелин обходит меня со стороны пассажира.

«Привет, - говорю я через закрытые окна. Звонит мой телефон. Я показываю на него, давая понять, что мне нужно ответить на звонок, затем смотрю, кто звонит - на линии Эвелин. «И снова здравствуйте», - говорю я, когда Сонни обходит мою машину и ненадолго останавливается, чтобы посмотреть на меня через лобовое стекло, а затем идет дальше и присоединяется к своей жене.

Эвелин говорит: «Мы слышали о Джеральде. Мы очень сожалеем и просто хотели заехать и сказать вам об этом. А также сказать, что если вам что-то понадобится, что угодно, пожалуйста, позвоните нам. Мы хотели бы быть рядом с вами, насколько это возможно во время этой пандемии». Сонни обнял жену.

«Я в порядке», - говорю я. «Спасибо за любезное предложение и за то, что заглянули». Я вешаю трубку и кладу телефон, надеясь, что они уйдут.

Сонни что-то говорит, и обычно я понимаю, что именно, поскольку неплохо умею читать по губам, но в этих масках любой может сказать что угодно. Они с Эвелин машут друг другу, возвращаясь на тропинку, и уходят.

Я смотрю, как они берутся за руки, как их становится все меньше и меньше. Когда они уходят, на капот моей машины садится черный ворон и смотрит на меня через тонированное стекло. Я опускаю окно и говорю: «КШУ!».

Ворон движется ко мне, взъерошивает перья и отвечает вызывающим «КАУ, КАУ!».

Я снова откидываю окно и наблюдаю, как эта тварь вышагивает по капоту моей машины. На пыльном автомобиле остаются птичьи отпечатки. Я завожу двигатель и брызгаю водой на лобовое стекло. Птица не шевелится. Я несколько раз провожу дворниками по стеклу. Она смотрит на меня, качает головой, а потом гадит. Я сигналю и наблюдаю, как она взлетает, парит, какает еще немного, на этот раз попадая в фару, прежде чем улететь к воде.

Группа ворон называется убийством. Когда Джеральд умер от рукотворного вируса, который был выпущен на нашу планету, его смерть не назвали убийством - хотя, черт возьми, ее следовало бы назвать убийством.

Я лезу в сумочку и достаю маску. Продеваю одну петлю через правое ухо, вторую - через левое. Убеждаюсь, что она сидит правильно - над носом, под подбородком. Я выхожу из машины на солнечный свет.

Хорошая девочка, - воркует Джеральд, когда над моей головой образуют круг вороны, и я переступаю порог движущегося автомобиля.

SANS MASQUE
(БЕЗ МАСКИ)

Он стоял на одной стороне комнаты, а она - на другой.

Оба были одеты - или слишком одеты, - вот как она восприняла его внешний вид. Первое слово, которое пришло ей на ум, - «полированный», но что-то в его облике выглядело слишком напускным. Как будто он хотел, чтобы она влюбилась в него сильнее, чем уже влюбилась.

По крайней мере, он пришел - несмотря на то, что она отказалась сделать то, о чем он ее просил, и это была их первая личная встреча.

Они познакомились в приложении для знакомств. Это не запрещено законом - пока. Со временем у них завязались отношения. Он всегда заканчивал свои сообщения смайликом с сердечком. Она всегда подписывалась «Искренне Ваш», как будто заканчивала письмо. Она была новичком в приложении для знакомств, но с учетом строгих законов о пандемии как еще она могла с кем-то познакомиться?

Спустя чуть более двух месяцев переписки он предложил ей встретиться лично. Она неохотно согласилась. В каком-то смысле, если они никогда не встретятся, она сможет представить, что он такой, каким себя выставляет. Более того, она не хотела показаться слишком нетерпеливой или отчаянной.

Он приложил столько усилий, чтобы все организовать, включая место, куда он планировал ее отвезти. Поначалу она не могла поверить в свою удачу. Пока она ждала, когда он подтвердит детали, ее эмоции переходили от восторга к скептицизму. Неужели он действительно смог забронировать такое эксклюзивное место только для них двоих? Когда он прислал смс с конкретными деталями, она издала смешок, а затем ответила смайликом-эмодзи. Первый за все время отношений.

После этого она сразу же направилась к своему шкафу и распахнула зеркальные дверцы. Она порылась на вешалках, пока не нашла свое самое дорогое платье - то, которое она называла своим шикарным платьем. Она назвала его так в память о своей покойной матери. Это была подделка, которую она купила в Интернете, и ее самая большая гордость. Она прижимала его к себе, глядя в зеркало и пытаясь решить, какими украшениями подчеркнуть его: фальшивыми бриллиантами или жемчугом? Она остановилась на первом.

Утром в день знаменательного события она проснулась пораньше, чтобы проверить почтовый ящик. Она наполовину ожидала получить сообщение о том, что он вынужден отменить встречу. По правде говоря, часть ее надеялась, что он отменит встречу, но почтовый ящик был пуст, и никаких сообщений не приходило. Она пошла на кухню, чтобы сделать себе чашку кофе, а затем снова проверила, не выходил ли он на связь. На этот раз она даже заглянула в папку с нежелательными сообщениями - там тоже было пусто.

Весь день она занималась собой. Сначала она приняла длинную паровую ванну и сделала пилинг. Затем последовал легкий обед. Снова проверив наличие сообщений и не найдя их, она уложила волосы, затем сделала маникюр. Прежде чем нанести макияж, она просмотрела социальные сети. Не найдя никаких свидетельств его недавней активности, она обула туфли на самом высоком каблуке - такие, чтобы ноги казались самыми длинными. В завершение она нанесла слой красной помады цвета сладкого яблока и встала перед зеркалом. Идеально.

За исключением одного: ее подходящей сумочки-клатча. Она переложила в него телефон и дебетовую карту, затем вернулась за помадой и теперь была готова ко всему.

Когда она вышла из дома и надела маску, подъехало такси. Она заказала его накануне вечером, чтобы не опоздать и не приехать слишком рано. Она хотела, чтобы время было идеальным для их первой встречи во плоти.

***

Он провел день, перепроверяя все, как всегда в таких случаях.

Он с нетерпением ждал, когда же наконец встретится с ней лично. В Интернете она казалась более робкой и наивной, чем все те, с кем он общался. Она казалась такой робкой, такой нереальной, что наотрез отказалась прислать ему свою обнаженную фотографию. Обнаженной - значит без маски.

Прежде чем она согласилась встретиться с ним, он должен был заверить ее, что все правила будут соблюдены. Ну, не просто соблюдены, а именно соблюдены, то есть она требовала не меньше, чем его личной гарантии, что их не прервут.

Когда лидеры стран мира пали, международное правительство сформировалось, чтобы заполнить образовавшуюся брешь. С I.G. во главе мир потребовал более суровых наказаний для хулиганов, не соблюдающих социальную дистанцию. Вновь созданные Международные ассоциации по борьбе с пандемией (I.P.A.) были уполномочены обеспечивать соблюдение законов о социальном дистанцировании любыми средствами.

После того как мировые лидеры пали, в обществе поднялась бурная волна возмущения. Социальные сети были наводнены дезинформацией. Люди требовали справедливости, выходя на улицы с плакатами и знаками мира. Когда их не удалось заставить замолчать, а тюрьмы были заполнены до отказа, публичные казни были прописаны в законе.

При всем этом ему удалось сохранить свои деньги, и он не боялся использовать их, когда это было ему выгодно.

Он приложил немало усилий, чтобы заказать место, нанять персонал и гарантировать, что их не потревожат. С тем, что за ними наблюдают, он ничего не мог поделать. Камеры наблюдения - они были повсюду.

Его смокинг был собран и все еще завернут в пластиковый чехол, в котором он ехал домой из химчистки. Он находился на карантине в гараже до тех пор, пока не понадобится. Никогда нельзя быть слишком осторожным. Стандартный срок карантина для тканей составлял сорок восемь часов. Чтобы перестраховаться, он оставил ее в гараже на целую неделю.

Когда он полностью оделся, то в последнюю очередь надел маску, прежде чем сесть в машину. Движение было небольшим, и припарковаться было легко.

Он хотел, чтобы все было идеально.

Так же, как он надеялся, будет и с ней.

***

Она вышла из такси на тротуар и закрыла собой пространство между собой и площадкой.

На земле, на тротуаре мелом было написано послание, адресованное ей. Оно гласило: «Дорогая, иди за мной». Она улыбнулась и пошла по следам сердец, выгравированных на камнях. Пальцы то и дело искали успокоения в маске, закрывающей ее лицо. Теперь она была как еще один слой кожи.

Она вошла в открытые двери, следуя за новыми сердцами, ведущими ее по коридору.

Наконец она пришла, надеясь, что ее ждет настоящая любовь, ее вторая половинка.

***

В другом конце комнаты их глаза встретились. Она в своем черном платье без рукавов и он в своем черном смокинге.

«Ты пришла!» - сказал он твердым утвердительным голосом.

«Да», - ответила она задыхающимся шепотом.

Она замедлила биение сердца, осматривая комнату. Его внимание к деталям было безупречным. Стол был накрыт на двоих, с тончайшим фарфором, хрусталем и серебром. Стол тянулся во всю длину комнаты. В центре стоял великолепный канделябр, излучающий романтику.

«Пожалуйста, присаживайтесь, - сказал он.

Она села на свой конец, а он - на свой. Не успела установиться неловкая тишина, как он хлопнул в ладоши. Через дверь, которую она не заметила, появились два официанта. Одетые с ног до головы в комбинезоны, которые были бы неуместны на Луне, они подошли к ней. Руками в перчатках они наполнили фужеры шампанским, а их чаши - легким консуматом.

Он щелкнул по боку своего бокала столовым прибором, и она сделала то же самое. Когда-то на свадьбах этот ритуал выполнялся как просьба молодоженов обменяться поцелуем. Одна только мысль об этом, о том, чтобы разоблачиться на публике, заставляла ее содрогаться. В этом новом мире, охваченном пандемией, звон означал, что инициатор хочет произнести тост.

«За вас», - сказал он, поднимая бокал.

«За нас», - ответила она, яростно краснея и прячась под маской.

Официанты периодически прибывали с подносами. После того как они в последний раз подали фламбированный «Вишневый юбилей», официанты поклонились. Это означало, что они больше не вернутся.

«Если бы я только мог поцеловать вас», - сказал он, громче, чем хотел бы, но достаточно громко, чтобы учесть его маску.

Эти его слова воспламенили ее. Не успела она сообразить, что делает, как встала и поцеловала его. Она снова села и представила, как поцелуй летит по воздуху через стол, словно перышко.

Он поймал его и прижал к губам. «Этого недостаточно», - промурлыкал он.

Она снова откинула стул. Он заскрежетал в тишине.

Ее туфли на высоких каблуках щелкнули, когда она пересекала пол. Спотыкаясь от волнения, она направилась к нему вдоль стола.

Когда она двигалась к нему, кондиционер распространял в его сторону ее сладкий, сладкий парфюм. До этого момента он был свидетелем только ее кораллово-голубых глаз и маленьких мочек ушей, под которыми располагались ремешки маски. Его сердце забилось так быстро, что он был уверен, что оно вырвется из груди. Чтобы успокоить себя, он покрутил на пальце обручальное кольцо, размышляя, стоит ли эта девушка того. Достаточно ли ее для того, чтобы он рискнул нарушить закон? Сможет ли он умереть за нее?

«Остановитесь!» - крикнул он, яростно подняв руку в воздух, словно разгневанный школьный охранник.

Все еще находясь в полете, она прикусила губу под маской.

Он закрепил маску на месте.

Когда глаз в стене за ее спиной замигал, он прошептал: «Я забыл упомянуть, что женат?»

Она продолжала мчаться к нему, когда двери позади него распахнулись.

«Я забыла упомянуть, что я из ИГ?» - спросила она, когда двое мужчин в скафандрах повалили его на пол.

СПАСИБО!

Дорогие читатели,

Спасибо вам за то, что решили прочитать мою книгу!

Спасибо также замечательным друзьям, семье и команде людей, которые поддерживали меня и мою писательскую деятельность на протяжении многих лет эмоционально, а также тем из вас (вы знаете, кто вы), кто помогал с техническими вещами, такими как корректура, редактирование и т. д. Я действительно не смогла бы сделать это без каждого из вас.

Спасибо вам всем миллион раз!

С любовью,

Cathy

ОБ АВТОРЕ

Cathy McGough Живет и пишет в Онтарио, Канада, с мужем, сыном, кошкой и собакой.

АЛСО:

E-Z DICKENS СУПЕРГЕРОЙСКАЯ СЕРИЯ ДЛЯ
МОЛОДЫХ ВЗРОСЛЫХ
FICTION: EVERYONE'S CHILD
RIBBY'S SECRET
INTERVIEWS WITH LEGENDARY WRITERS FROM
BEYOND
PLUS SIZE GODDESS
THREE FRIENDS
NON FICTION: 103 FUNDRAISING IDEAS FOR PARENT
VOLUNTEERS WITH SCHOOLS AND TEAMS
POETRY: PAINTING WITH WORDS
PLUS A SELECTION OF CHILDREN'S AND YOUNG
ADULTS BOOKS

www.ingramcontent.com/pod-product-compliance
Lightning Source LLC
Chambersburg PA
CBHW020751310726
48969CB00002B/495